Ek kom met

Donkermaan

FRANCISKA MOUTON

Malherbe Uitgewers Publikasie

Outeur: Franciska Mouton
Voorbladontwerp: Ria Richards

Geset in Franklin Gothic 12pt

ISBN 978-1-997443-06-3
Eerste Uitgawe 2025

Prelude

Vaal ou Karooland

Ek hou van jou, vaal ou Karooland,
van Kaap tot Oranje se wal.
Ek hou van jou brandende sonlig,
van blomme gedrenk met jou dou.
Ek smag na jou wolklose lugruim
die hemel se suiwerste blou.
Ek hou van Natal en die Vrystaat,
maar nooit soveel as van jou!

(Grepe uit Theo W Jandrell se gedig)

Hoofstuk 1

Lea Viviers steek in haar spore vas. 'n Rilling ritteldans teen haar rug af, vee met koue vingers oor haar blaaie, beweeg op na haar kakebeen wat nou soos 'n staalklem opmekaar geklem is. Sy vou haar arms om haar lyf, probeer so die gevoel wat sy ondervind wegwys, afweer ...

Sy kyk op na die gitswart koepel bokant haar kop, sien die triljoene blink sterre flonker. Dit gee haar 'n mate van rustigheid. "As Abel net nog hier was om my vrese weg te soen. Hy is al so lank weg, tog hoor en ruik ek hom. Die reuk van veld, van karoobossies. Ek leef ons droom nou alleen. Abel, my lief, as ek jou net vir vyf minute kan sien en voel." Lea se fluisterstem klink hard in die stilte van die nag.

Lea se vrees vir die gitswartnagte van die Moordenaarskaroo het haar nog altyd ongedurig gemaak, maar dan het Abel sy arms om haar lyf gesit, en rustig liefie-woordjies in haar oor gefluister ... Máár, nou lê Abel onder die sipresse, aan die voet van die koppe ... Só ontydig en onwerklik was sy dood, dat Lea dit steeds nie kan glo nie.

1

Een oomblik skaterlag hulle nog oor die manewales van die meerkatte. Die volgende oomblik, gryp Abel na sy bors, die kreun uit Abel se mond, die wydgesperde oë, wat vir 'n breukdeel van 'n sekonde, reguit in hare staar ... Die stadige aksie van Abel wat op die grond neersak.

Dit was vinnig. 'n Massiewe hartaanval. Volgens die nadoodse ondersoek, was Abel Viviers feitlik oombliklik dood. Daar was geen waarskuwing nie, geen simptoom van 'n sekonde oud nie ... Abel was net weg. Lea, in haar liefde verlaat ...

'n Koel windjie waai haar ligte moeselienrokkie tussen haar bene in. Sy vryf oor haar hare, draai om en staar na die pragtige kliphuis teen die voet van die kop, nou net 'n silhouette in die flou lig van die sterre, die huis skaars honderd treë van haar af. Haar en Abel se huis. Hulle huis van geluk en vreugde.

Al kon die Moordenaarskaroo ook hoe ongenadig raak, Lea het altyd die veiligheid van die ou huis om haar voel vou, wanneer pikswartnagte haar wou insluk. Dan het Abel haar styf teen sy bors vasgedruk. Die bang weggesoen. Haar Abel. Haar vertroueling, haar man, haar lover. Abel met die blonde kuif. Boer in murg en been.

'n Streling so sag soos vlindervlerke oor haar skouer, laat haar ademloos. Elke spier in haar lyf is snaarstyf gespan ... Sy voel wéér die streling wat teen haar rug af skarrel, maar hierdie keer voel dit anders, so asof 'n sagte hand haar rug, wang en ooglede streel.

'n Sterk bries van die koppe se kant af, waai 'n onbekende reuk na haar kant toe, 'n reuk

2

wondersoet, maar totaal onbekend aan haar. Dan voel sy weer die sagte streling teen haar wang ...

"Abel?" In haar verbeelding hoor sy die pragtige en bekende diep stem. "Lea-lief, moenie bang wees nie."

"Ek is ... bang, Abel. Sonder jou is ek bang. Verskriklik bang vir môre. Bang vir wat die toekoms inhou sonder jou. Hoekom, Abel? Hoekom gebeur dinge waaroor mens geen beheer het nie? Jy is al so lank weg."

Wéér kry Lea die gevoel van sagte vlindervlerke wat oor haar wang streel. Sy kry 'n intense gevoel van nabyheid. Die gevoel kom lê snoesig in haar hart. "Abel, is dit jy?"

Sy kyk op na die hemelkoepel, miljuisende sterre skitter op haar af. "Abel, Abel. My lief. Hoe gaan ek aan? Ek hoor jou, ruik jou, voel jou oral."

Fluweelsag voel Lea weer die sagte streling, soos vlindervlerke. Nóg 'n keer oor haar lippe, raak-raak aan haar ooglede, aan haar wang ...

Lea vee met haar wysvinger oor haar lippe. Trane loop onbeheersd oor haar wange. "Vader, wees my genadig in hierdie donker ure van my lewe. Ek is só onbeholpe sonder U hulp ..."

Koponderstebo stap Lea terug huis se kant toe. Met 'n sug draai sy die koperknop van die voordeur, glip na binne. Sy voel die verwelkoming van die ou huis. 'n ongekende rustigheid vou oor haar. Met meer selfvertroue stap sy gang af.

By die hoofslaapkamer se deur steek sy vas. Dit is pikdonker in die vertrek, tóg kan sy die buitelyne van die bed in die bleek sterrelig sien. Haar en Abel se bed. Sy sien Abel se blondekop op die kussing. Met net een tree bereik sy die bed. Net om tot haar selwers geruk te word. "Dit is nie jy nie, Abel, net 'n verbeeldingsvlug. Hoe op hierdie aarde gaan ek dit maak sonder jou, Abel?"

In 'n desperate poging om net iets van Abel vas te hou, gaan lê Lea op Abel se plek, druk haar gesig in die kussing. "Abel, Abel ..." Rou snikke skeur uit haar gefolterde siel. So rou, so hartseer. 'n Siel in nood ...

Terwyl Lea op haar en Abel se bed lê en sy haar hartseer in Abel se kussing uithuil, haar gefolterde siel probeer troos, vind daar skaars 'n honderd treë van die ou kliphuis én haar kamer af, 'n gesprek plaas wat Lea nie in haar wildste drome sou verwag óf aan kan dink nie. Gelukkig vir haar, gaan die gesprek ongesiens en ongehoor verby.

Lea Viviers, sou heelwat later eers verstaan ...

"Wraggies Al'lan? Nou het jy té ver gegaan. Het jy niks in jou opleiding as luitenant geleer nie? Wat besiel jou om so intens oor die meisie se lippe en ooglede te streel?" Jaznah kyk na haar broer. Daar is 'n vraagteken asook 'n waarskuwing in haar groen oë te bespeur.

"Ag, bedaar tog net, Jaznah. Dit is 'n pikdonkernag, met net 'n paar sterre se lig. Ons, kan háár sien, maar sy kan óns nie sien nie, dit is die voordeel om 'n Dagobahner te wees, ek dink jy is net jaloers, Jaznah."

"Nee, Al'lan, hoekom sal ek nou jaloers wees? Ek gee toe dat sy 'n besondere skoonheid het. Sy laat my op 'n manier aan ons ma dink." Sy sien die hartseer trek in haar broer se oë. "Ek weet, ek weet, ek voel ook die hartseer aan. Ons praat so min oor haar ..."

Jaznah is vir 'n oomblik stil, sy dink aan die foto's van hul ma wat oral in hul pa se kamer uitgestal is. Die enigste ooreenkoms tussen haar ma en die vreemde vrou, is die haarkleur. Verlange na die vrou wat hulle gebaar het, maak haar hart ineenkrimp.

"Al'lan, ons is Dagobahners, wel, nou nie volbloed, soos 'pedigree' nie ... Kom ons los liewers die gesprek, nou-nou hoor Pa ons praat. Dit is mos maar 'n teer sakie."

"Jy is reg, Sus, voor ons iets sê wat tot Pa se ore kom, jy weet hoe reageer hy oor dié soort praatjies. Sê my bietjie, vanwaar die wyse woorde, Jaznah Krolin? Het jou kursus jou slim gemaak, h'm? Jy sê gewoonlik goed wat nie sin maak nie." Al'lan kyk glimlaggend na sy tweelingsuster. "Hoekom is jy en daardie swierbol uitmekaar? Ek het jou gewaarsku oor daardie Zazmiër, maar hoor is min. Wil jy daaroor praat?"

"Nee, ek wil nie. Ek wil hom net nooit ooit weer sien nie. Nooit weer met hom praat nie. Hy is 'n "cheater". Dis al wat ek gaan sê, én jy vertel nie vir Pa nie ..."

Al'lan skop na 'n klip, kyk na sy suster, loop na die ruimtetuig wat in die donker sterrenag, glimmend skitter. "Vroumense, of liewer ... susters! Eienaardige wesens. As daar 'n rang by betrokke is, is hulle nóg vreemder."

5

Anumander Krolin kom stadig die trappe afgestap. Sy silwerkleurige eenstukpak sit soos 'n handskoen aan sy lenige lyf.

Sy swart hare, nou skimmel – of eerder silwergrys, is dalk 'n beter beskrywing – is netjies gesny, in 'n styl wat hom besonder goed pas. Vir Anumander se vyf en sestig jaar, is hy die spreekwoordelike Adonis. Geen onnodige vetrolletjie sigbaar nie. 'n Aardling sal hom opsom as 'n 'beeld' van 'n man. Super aantreklik, super begeerlik vir die vroulike geslag.

'n Paar treë weg van die laaste trap draai hy om, kyk na die silwerkleurige ruimtetuig. Oral skitter liggies, ook die trappe is verlig. Verlig sy spore wat afgeëts is in die sanderige grond van Sandvlakte. Een van die mooiste plase in die Moordenaarskaroo.

Sy gedagtes gaan terug na baie jare gelede. Na 'n tyd wat hy liewer in sy hart wil bêre. 'n Tyd van bemin, 'n tyd van intense hartseer en verlange ... Vir 'n minuut of wat, steek hy vas in sy spore. Hy laat sak sy kop. "Ek wens jy kon nou hier wees, saam met ons ..."

Anumander orden sy gedagtes, dwing homself na die nou en hier. Bêre die verlede in sy gedagtes. Gedagtes soet, maar seer ...

Stip kyk hy na sy twee spruite. Tyd het so vinnig verbygesnel. Hy, amper op aftree-stadium. Al'lan en Jaznah altwee luitenante in Dagobah se weermag. Hierdie rit Aarde toe, was sy laaste. Sy deel van die navorsing is nou afgehandel. Nie meer lank nie, dan sal hy moet leisels oorgee aan sy twee kinders.

Hy skud sy kop, stap nader. "Het julle twee nou genoeg gestry? Dis haas tyd om terug te gaan. Het

6

julle die sand en plantmonsters goed verpak? Die ruimteskip kan eers weer kom wanneer dit Donkermaan op planeet Aarde is."

"Ons stry nie, Pa, dit is maar net praatjies tussen boetie en sussie. Wat is die haas nou eintlik, Pa?" Al'lan kyk na sy pa, sien die vogtigheid in die groen oë. Dit is nie die eerste keer dat hy die hartseer in sy pa se oë raaksien nie.

Hy het dié intense hartseer al vele kere gesien, veral wanneer hulle sommer net tussen die pragtige helder blomme in die groen veld van Dagobah stap, dan het hy sy pa dopgehou. Gesien hoe 'n verlate uitdrukking in die mooi oë kom sit. Baie kere het hy hom gevra wat fout is, maar Anumander het net sy kop geskud. "Niks, ou seun, sommer maar die verlange na julle ma. Dinge waaroor jy en jou suster julle nie moet bekommer nie ..."

Al'lan se bewondering vir sy pa sit diep. "Jy stap mooi in jou jare, Pa. Jou swart hare dra nou baie silwer." Hy sien die reguit skouers, net effe vorentoe gebuig. Soos skouers wat 'n baie swaar gewig dra. Hartseer dam in sy oë op. Hy besef sy pa word ouer. "Maar ek en Jaznah, óók. Ons is ouer én wyser ... Daardie blonde, hartseer, pragtige vrou, wil en gáán ek wéér sien. Kom, wat wil." Sy woorde is sag, kom net tot sy ore.

Al'lan sug, stryk oor sy swart hare, draai dan om, kyk vir 'n laaste keer na die plek waar die pragtige blonde vrou gestaan het. Nog steeds is hy in verwondering oor die intensiteit van die blou oë wat vir 'n sekonde reguit na hom gekyk het. Heeltemal onbewus van hom.

7

Net voor die gitswartnag, met sy ontelbare blinkoog-sterre verdwyn in die vroegoggend met sy stilte en karmosynskakerings, swiep die tuig die lug geluidloos in. Hang 'n paar sekondes doodstil oor die kliphuis waar Lea Viviers 'n uur of wat terug, die voordeur agter haar toegedruk het.

Al'lan skuif ongedurig agter die kontroles langs sy pa in, loer skuins na sy suster. Dié steek haar tong vir hom uit, kyk dan stip na die kontroles voor haar.

"Hoekom steek jy nou jou tong vir my uit, Jaznah, net kinders doen dit." Al'lan kyk kwaai na sy suster. "Dit is nie nou die tyd vir onsinnighede nie. Hou jou oë op die monitors. Jy weet hoe gevaarlik die ruimte kan wees."

"Sal julle twee nou einde kry? Jaznah, hoekom treiter jy jou broer so? Wat hy gedoen het, het geen skade berokken nie. Die vrou weet nie van hom, óf van ons nie."

Vir 'n vlietende oomblik is Anumander se gedagtegang ook by die vreemde vrou. Ook hý het haar skoonheid raakgesien. Gedagtes speel met sy gemoedere, wat nou al vir langer as vyf en twintig jaar weggebêre is in sy hart.

Dit is doodstil in die ruimtetuig, behalwe vir Jaznah wat kort-kort 'n sug laat hoor. Al'lan loer na sy tweelingsuster, 'n glimlag kielie om sy mondhoeke. "Jaznah, jy is 'n pragtige vrou. Moenie jou sit en verknies nie. Hý, is nie jou versugtinge werd nie."

"Ja, toe, moenie nou flikflooi nie, Boeta, jy weet mos jy het onverantwoordelik opgetree."

"Moenie weer begin nie, Jaznah, jy soek net skoor." Al'lan glimlag skeefweg vir sy suster. Hy besef dat hy die aanraking miskien 'n titseltjie te ver gevat het, maar hy kon homself net nie keer nie. Die tuig glip gladweg deur eindelose blink voorwerpe wat gewigloos in die ruimte hang. Vinnig op pad na hul woonplek ver anderkant die Melkweg met sy dowwe gloeiende sterrestreep.

Dagobah, kom vinnig in die oog. Die groen van flora skep 'n sagte, rustige atmosfeer. 'n Planeet onbekend aan die aardbewoners met hul teleskope wat gedurig aan die soek is vir een of ander vorm van lewe in die buitenste ruim.

Anumander se gedagtes dwaal. Hy dink aan die stuk aarde waar hulle minute gelede van opgestyg het, ook geland het, etlike ure terug. Die omgewing is vir hom oorbekend. Terwille van sy eie emosies, die hartseer en verlange, hou hy dit vir homself.

Hy ruk hom amper met geweld terug na die kontroles van die verligte paneel. Staar vir 'n paar sekondes nikssiende na duisende klein meteoriete wat verby die tuig beweeg. Sy denke is vasgevang in 'n tydperk waar liefde 'n intense rol in sy lewe gespeel het.

So intens dat hy nou nog, ná al die jare, nie daaroor kon kom, óf daarvan wil of kan vergeet nie. Wat sê nog van praat daaroor. 'n Heilige liefde, 'n sielsgenoot-liefde. 'n Liefde so groot, so rein, so pragtig ... Die handeling van Al'lan teenoor die pragtige, maar onbekende blonde vrou, die sagte streling van sy hand teen die dun materiaal van haar geblomde rokkie, het op daardie oomblik baie gedagtes en herinneringe in hom losgemaak. Gedagtes van lank gelede wat hy met mening wou wegbêre in sy hart, maar nooit kon nie.

Máár, nou ruk ou en baie rou emosies los. Sy hart se bêre-kamers open, laat die hartseer ontsnap. Versigtig, stap hy op sy eie versteende spore. Só helder is sy gedagtes in sy eie onthou, dat Anumander nou intense pyn in sy hart ervaar.

Hy besef dat hy met Al'lan sal móét praat, anders gaan die geskiedenis homself herhaal. 'n Herhaling, gaan dalk groot hartseer bring. 'n Hartseer so groot, dat dit jou verswelg. Hy kyk na sy spruit, sien die verlange in sy oë.

Anumander sug, voel hoe sý verlange nog steeds, ná al die jare deur hom skeur en skroei, veral wanneer hy na sy twee kinders kyk.

Hy sug, sit agteroor in sy stoel. Gee dan sy gedagtes en herinneringe vrye teuels.

Herinneringe vat die pad na die grootsheid van die Moordenaarskaroo. Die wye vaal vlaktes. Net so wyd soos die Heer se genade.

Moordenaarskaroo. Ses en twintig jaar gelede ...

"Yakup, gee meer krag, die tuig gaan dit nie maak nie, as ons hier val, is dit klaar met ons."

"Hy is op sy laaste krag, Kaptein. Ek kry hom nie op nie."

Yakup Chodoshi, Anumander se tweede in bevel, se aantreklike gesig blink van die sweet. Sy aandag vasgenael op die vele meters, liggies en kontroles. Al sy kennis span hy nou in. Waardevolle kennis.

"Hoe lyk dit, Yakup?" Ook in Anumander se stem is daar 'n nuance van kommer te bespeur.

"Ek dink ons wen veld, Kaptein, maar ons sal moet land. Iewers is daar verseker 'n probleem, en ons sal dit net opspoor wanneer ons land."

"Nou maar goed, Yakup, kry 'n veilige plek. Tien teen een sal ons moet oornag." Anumander sug, vee die sweet van sy voorkop af. Hy staan op, sy oë vee oor die kontroles. Hy strek sy lenige lyf en kyk deur een van die patryspoorte.

Wat hy in die laatmiddag se westeson sien, bring 'n onaangename krieweling in sy binneste. Sy oë skeur oor die oneindigheid van vaal vlaktes. Myle en myle van niks staar hom in die oog.

Vir baie lank al word planeet Aarde bestudeer deur die leiers van van Dagobah. 'n Planeet baie ligjare ver van Aarde af. Geleë in die sterreloop van die Melkweg. Vir die mens se oog, net 'n wit melkerige streep sterre in die ruimte.

Sou mens na Dagobah se geografiese ligging kyk, lê die mooi planeet mooi in die middel die van die Diereriem. 'n Aks weg van die Melkweg, in 'n sigbare driehoek deur 'n goeie teleskoop. Net-net buite die oog van die mens. Die Kreef, Tweeling en die Vis, op sy hoeke. 'n Pragtige planeet, baie vergelykbaar met die Aarde se atmosfeer.

Die Dagobahners het besluit om die Aarde te bestudeer. Anumander, of te wel kaptein Anumander Krolin, was met elke ekspedisie aan stuur van sake.

Omdat die bevolking besig was om te groot te word, sou planeet Aarde die oplossing wees vir dié oorbevolkte planeet.

Die Karoo, met al sy omliggende gedeeltes, was onbekend aan die navorsers en ook die owerhede. 'n Verslag is voorgelê, maar is dadelik afgeskiet, volgens hulle is die Karoo, veral die Moordenaarskaroo, nie geskik nie. Té vaal, té plat té droog ...

Weer en weer is daar probeer deur die Dagobahners. Iewers in die ongerepte vlaktes met vaalgroen bossies, móés daar eenvoudig iets wees om mee te werk.

Hoofstuk 2

Stephanie le Roux vee die sweet van haar voorkop af, sy maak die spantou los en tik die jerseykoei op die boud. "Dankie, Nannas, weer 'n lekker dopemmertjie vol, nou kan jy maar daardie snoepkalf van jou laat drink." Stephanie kyk glimlaggend na die twee-weke-oue jerseykalf wat sommer dadelik sy ma se speen in sy bek vat, met sy witbles gevreetjie pomp hy dat dit bars om 'n lekker bekvol melk te kry.

Met haar regterhand bak voor haar oë, kyk Stephanie na die nege ander koeie wat stertswaaiend loop en wei in die hawer wat al enkelhoogte staan. Stadig beweeg hulle al herkouende na die krip vol vars boorgatwater 'n ent verder.

"Dank Vader ons het die drie boorgate wat nog sterk water het, anders was die plaas in groot moeilikheid." Mymerend stap Stephanie huis se kant toe.

Die liedjie 'Vaal ou Karooland' spring in haar geheue op. Al neuriënde stap sy met haar kolliehond Kolle, en 'n spelerige noordewind wat stof opskop en aanjaag, opstal se kant toe.

Die wind blaas spelerig die werf vol, dan dwarrel hy die bruin stof en blare teen die werfdraad vas. Laggend kyk Stephanie na Kolle wat blare hap, dan kopskuddend uitspoeg. Net om nog 'n bekvol te vang. Dit is droog in die Moordenaarskaroo. Die oneindige landskap van vaalte en groot bruin klippe smag maar altyd na reën, maar dié bly weg van die hongervaalte. So asof daar straf uitgedeel word vir die mensdom se onheilige aktiwiteite.

Met die dopemmer al rinkelend stap Stephanie die groot kombuis binne. "Hierso, Sofie, jy kan maar deursuig. As jy klaar is, dan skep jy die mieliepap en niertjies. Ek is dood van die honger. Het jy altemit iets van my ouers gehoor terwyl ek besig was met die melkdinge? Dit gaan nou na twee weke ... Maar ja, is maar moeilik om van Australië af, 'n oproep te probeer deurkry na dié mooie godverlate wêreld van ons, nè! Geen nuus is seker maar goeie nuus, Boeta sal darem seker laat weet as daar iets is om oor bekommerd te wees."

"Mensig, Stephanie, jy is darem erg luid én aanhoudend vanmiddag. Hoekom so vroeg met die melk, melktyd is mos eers vieruur se kant. Kyk na die horlosie, is nou eers tweeuur. Tsk! Jy is altyd maar opstairs, nè."

"Sjuut tog net, Sofie, jy kerm en kerm al in die rondte. Ek wil na die koppies toe ry, kyk of daardie mynmense weg is. Hulle het geen respek vir hierdie wêreld se vlaktes nie, ken nie die onsigbaarheid van die lewende weelde onder die barre grond nie. Darem 'n goeie ding dat die mynlisensie stopgesit is."

Sofie neem die dopemmer by Stephanie. Haar oë speel oor die meisie voor haar. Sy drink haar seldsame skoonheid in. "Jy is darem maar 'n mooie kind, Stephanie, maar jy verniel jouself. Gedurig op daardie perd van jou se rug, sonder 'n hoed ... "Luister gou eers hier vir ou Sofie, het jy die gevaarte gesien vroegoggend? Lank voor die son sy gesig gewys het. Ek het net klaar die ou koolstoof se pens vol hout gemaak. Eers het ou Sofie gedink dis 'n vliegmasjien, maar die ding het nie so gelyk nie, was ook baie vinnig, sommer soos 'n blits.

"Ek wou nog kyk, maar toe is hy weg, net 'n blink lig, soos die sterre, so blink. Hy het doer na die rante se kant toe verdwyn, sonder 'n geluid. Klink dit reg vir jou? Dalk is dit die Amerikaanse nasie wat kom spioeneer. Stephanie le Roux!, hoor jy wat seg ek?"

"Nie gesien nie, Sofie." Stephanie eet gulsig aan die pap en niertjies, haar aandag glad nie by dit wat Sofie vertel nie. Sy kyk op haar horlosie, prop dan nog 'n vurkvol in haar mond.

"A nee a, Stephanie, mens praat nie met 'n mond vol kos nie, en jy het nou wraggies niks gehoor wat ek nou net vertel het nie. Waar is jou maniere, kind?" Sofie kyk glimlaggend na die meisiekind wat sy help grootmaak het. Sy leun teen die wasbak aan, gooi die afdroogdoek ingedagte oor haar skouer. Haar gedagtes dartel soos vlinders terug na die dag toe Stephanie haar eerste lewenslig aanskou het ...

Daardie dag, het die engele goue maanstof in die fyn donsies gestrooi. Sterlig in haar ogies.

Dit was 'n koel herfsoggend. Hier en daar het herfsblare die struike verfraai in die goedversorgde tuin van Sandvlakte.

Eben le Roux was al voor ligdag uit om die lyndrade te inspekteur. Altyd maar is daar 'n paar koedoes wat draadspring. Partymaal spring een te kort, dan breek die boonste draad, trek dan die ander ses lyndrade saam af grond toe.

Die witkop Dormerskape het natuurlik daarvan gehou, want nou kon hulle gaan wei in Piet Maarskalk van Spioenasiekop, se stukkie 'heilige' lusern. Hy het hoeka gisteraand 'n oproep gekry van Piet af. Dié was nogal halsstarrig, gesê hy gaan al wat 'n koedoe is vrekskiet. Én hy gaan die Dormers skud.

Eben het vir Piet Maarskalk geken, van langse tyd af. Saamgespeel, skoolgegaan en ge-koshuis. Eben het geweet hy sal doen wat hy sê, dit is hoe Piet Maarskalk is, so gebore, so gelaat staan. 'n Onwaardige skepsel, stinkryk geërf.

Spioenasiekop was, en is nog steeds 'n lus vir die oog, skaars vyf kilometer soos die kraai vlieg van Sandvlakte af. Dis nou dié dat hy laasnag die Dormers gaan haal het. Nou nie letterlik gaan haal het nie, die twee Boesmans het hulle aangejaag tot waar hulle deur die stukkende draad is. Laataand het later laatnag geword, maar die draad moes reg. Ligdag was hy wéér uit om die lyndrade te inspekteur, te kyk vir swak plekke wat kan breek wanneer 'n koedoe weer die springlus kry.

Sofie Henger glimlag. Die baas van die plaas kon altyd maar iets só vertel dat dit 'n mens bybly. Met 'n beker tee en 'n homp natbeskuit stap Sofie na 'n tafeltjie en 'n paar houtstoele wat rustig genestel is tussen 'n visdam en struike. Al kouende vat haar gedagtes weer spoed terwyl sy Stephanie dophou. Dié is besig om haar wit boerperdmerrie Ounooi, op te saal.

Met skrefiesoë wat tranerig is van die vlymskerp lig, net na die tweeuur son, sien sy hoe die slanke blonde meisie haar been oor die saal gooi, met 'n vaart wegspring. En dit wéér sonder 'n hoed.

Die baie gedagtes rondom Stephanie se geboortedag, trek 'n lomerige waas oor haar. Iewers in haar amper sluimerende gedagtegang hoor Sofie weer die skerp kreun van pyn, so asof dit net hier langs haar plaasvind, en nie twintig jaar gelede nie. Verskrik sit sy regop, kyk om haar heen, sien dat sy nog in die tuin is met haar koue beker tee en halfgeëte beskuit. Sy is nié in die slaapkamer van Eben en Tillie le Roux nie.

Onthou gedagtes, plaas Sofie midde in die toneel wat haar nog steeds ontstig ná al die jare …

"Sofie, dis tyd! Skerp kreungeluide gevul met pyn, laat Sofie haar hand oor haar mond slaan. "Maar Mevrou, dit is 'n week te vroeg, en Meneer is die vlaktes in."

"Jy sal moet bystaan, Sofie, dis al genade." Tillie le Roux uiter 'n skerp gil wanneer sterk kontraksies haar beetpak. "Die babatjie kom, Sofie!"

Tien minute later lê Sofie die fyn babadogtertjie, toegedraai in die bed se deken, in haar ma se arms neer. "Jirre, Mevrou, ou Sofie kort nou 'n sterk tweevinger dop, van Meneer se twintig-jaar-oue whisky!" Sofie vee die sweet van haar gesig af met haar geblomde sis-voorskoot. Kyk weer na die dogtertjie met fyn blonde donsies wat doodtevrede aan haar ma se pinkie suig.

Eben is stom verbaas toe hy stofbedek, van die oggend agter drade aan, vir Tillie in die dubbelbed aantref. In haar arms, 'n fyn blonde babadogtertjie, toegedraai in die bed se frilledeken. Na die kykery en soenery verby is, skink Eben vir homself, asook vir Sofie, 'n stywe dop whisky. Saam drink hulle twee 'n knertsie ... Op Tillie en op Stephanie.

Maar alles het nie so glad bly loop nie. Melkkoors en waterpokkies trek vir Tillie plat. Sofie sorg vir haar, vir Stephanie en vir Eben. Dié loop soos 'n spook in die huis rond, té bekommerd sy meisies kom iets oor.

Maar soos die lewe is, is Genade altyd daar, vir dié wat die reguit pad loop ...

Stephanie le Roux groei op in die Genade van haar Skepper, tot 'n pragtige meisiemens. Lief vir alles om haar. Bemind van die Moordenaarskaroo, tot ver verby die grense van die Tankwa Karoo ...

Stephanie se liefde vir mens, dier en die veld, lê wyd. Net so wyd soos onse Heer se Genade. Baie van dié Genade lê ook wyd oor Stephanie. Genade wat sy in oorvloed kry.

Sophie staan sugtend op, stoot die herinneringe tot diep waar hulle nie sommer weer gaan uitkruip nie. Die waarhede stoot sy voor, sodat guns altyd oor Stephanie kan lê.

"Ou Sofie wens jou alle geluk toe, my mooie kind. Mag die goedheid en die guns jou volg, al die dae van jou lewe." Sy klik haar tong, sluk die laaste koue tee weg, krummel die oorskiet beskuit vir die twee veerpoot Silky hoenders. "Ja, toe, julle nikswerd goed. Mens kan nou wragtig nie eers vir julle óf julle eiers eet nie. Julle is mos maar net vir die mooigeite. Maar darem het julle 'n doel, soos elke dier en voël van ons Vader 'n doel het op die ou aarde. Al is julle s'n net om al die slakke en ruspes te vreet."

Anumander Krolin stap flink deur die vaalgroen karoobossies. "Waar op die aarde gaan ek water kry? Óf iets te ete? Ons hele voorraad is boomskraap."

Ver in die vertes van dié onherbergsame wêreld van vaalgroen bossies, grond nog valer en bruin klippers, sien hy 'n strook groen oor die breedte van die horison lê. Die lengte van die groen is onsigbaar in die blou van die koppe in die verte. Die groen strook is die groenste groen, wat hy al in sy omswerwings hier op planeet Aarde gesien het. Groener as die soetste grasvlaktes van Dagobah.

Met sy hand bak voor sy oë, kyk Anumander om hom. So ver as sy oog kan sien, is dit net die vaalgroen flora, waarin hy kuitdiepte staan. Hy besef hy sal vinnig moet beweeg na die groener strook. "Wat sou die groen wees? Tyd loop uit, ek beter roer vóór die son sak en Yacub my begin soek."

Baie naby die onsigbare grenslyn van Sandvlakte, wat net met die oog 'n grenslyn vorm, struikel Anumander. Hy maak gesig eerste kennis met die vaalgrond wat wyd loop. Hy sien nie, maar hy hoor... 'n Geluid wat die bloed laat stol in sy are. Anumander beweeg net té stadig vir die pofadder.

Die byt is onafwendbaar. Anumander gryp instinktief na sy kuit, met weersin kyk hy na die twee gaatjies waar die tande sy silwer pak gepenetreer het, net aan bokant waar sy swart stewel eindig. Klein druppeltjies bloed vlek die silwer materiaal tot 'n sieklike rooi kleur rondom die bytplek.

Soos blits sit hy regop. Hy weet dat hy nou in groot moeilikheid is …

Die lang maanligaande op Dagobah, het gemaak dat hy soveel inligting moontlik ingewin het oor die planeet, met die naam Aarde. Die Fona en Flora van die verskillende streke, veral die Karoo-streke het hom gefassineer.

Die taal van die aardbewoners, was uiters moeilik. Na 'n paar maande het hy dit bemeester, só kon hy sy navorsing voltooi. Anumander het alle inligting oor planeet Aarde verslind, dit is dié dat hy van pofadders weet, ook van die uitgestrekte vlaktes van die Moordenaarskaroo. Gedagtes vlieg deur sy kop … Hoekom die aardlinge hierdie somber deel van dié mooi planeet, die Moordenaarskaroo noem, was vir hom nog altyd 'n raaisel.

Met die pofadder, wat nou ná sy byt wegseil met 'n grin op sy lelike bakkies, alhoewel dit net vir Anumander so lyk, kners hy op sy tande. Hy kyk na die gevlekte lyf wat girtsend wegseil in die growwigheid van die Karoogrond. Die brand by die bytplek in sy kuit volg 'n spoor van vlammende skroeiende pyn wat sy sinne verdof, sy speeksel opdroog, sy tong dik maak. Iewers in sy waansin van pyn, sien hy 'n silhoeët. Hy knip sy oë, probeer beweeg, om dít wat hy sien óf dink hy sien, se aandag te trek. Hy sak weer terug, draai op sy rug. Die grootsheid van die blou uitspansel verdof, tuimel na alle kante toe. Hy is totaal onbewus van wat om hom aangaan. Die vlammende pyn in sy kuit verdof sy sinne, in so 'n mate dat hy in en uit beweeg van 'n onbewustheid. 'n Toestand wat baie naby is aan die dood. Die gif van 'n pofadder is dodelik wanneer daar nie dadelik opgetree word nie. Anumander weet dit, hy voel dit, beleef dit. Vrees kom lê grimmend oor hom. Verstrengel sy denke ...

Stephanie hou die merrie op 'n hoogtetjie in. Sy kyk na die blou van die uitspansel, vee sweet van haar voorkop af. Met 'n sug haak sy die verkyker van haar skouer af. "Lyk mos nou wragtig of die mynmense padgegee het." Met die middagson wat luierig koers vat weste toe, merk sy 'n voorwerp wat skitterblink tussen die karoobossies lê. "Wat de ... Sou hulle so wrintie waar hulle gemors net so agterlaat om te bewys dat hulle hier was? Kom, Ounooi, dalk is dit ..." Stephanie gee teuels vir Ounooi, dié val in 'n gemaklike draffie.

Tien treë van die blink voorwerp af, begin Ounooi snork. Die ore gepunt na voor, begin die merrie verbouereerd al in die rondte trippel. "Wat op deeske aarde? 'n Voorwerp, gelykstaande aan die vorm van 'n mens, toegedraai in foelie!"

Versigting klim Stephanie af, lei Ounooi agter haar aan. Grootoog staar sy na die swartkopman in skitterblink klere en swart leerstewels. "Bedrieg my oë my nou?"

Met die skaduwee van Stephanie wat oor hom hang, maak Anumander sy oë effe oop. Deur koorsbeelde sien hy 'n gedaante. Sy oë fokus nie meer nie, met 'n laaste "Help ... pofadder," verloor Anumander Krolin sy bewussyn.

Stephanie sien hoe bloederigheid rondom die bytplek versamel tot 'n groot kol, wat opgeslurp word deur die onbekende materiaal van sy blink pak. "Wat 'n liederlike kleur." Sy sien ook die twee skeurtjies in die blink eenstuk.

"Liewe toggie tog, wat nou?" Sy weet tyd is van kardinale belang, maar tóg móét sy probeer vasstel of daar iewers iets is sodat sy die vreemdeling kan identifiseer.

Watse iets, Stephanie? Daar is niks. Help die man net, jy weet van pofadderbyt. Sy tyd raak min, Stephanie, tree op! Nou dadelik!

"Ounooi, jy moet nou mooi gaan lê, net soos ék jou geleer het. Ons moet die vreemdeling by die huis kry." Dit is 'n gesukkel van epidermiese proporsies. Ounooi lê presies reg, maar Anumander is soortvan 'dooie gewig'. Stephanie trek, sleep ... Dan rol sy die lang swartkopman tot teenaan Ounooi.

Met krag, wat sy wéét waar sy dit kry, kyk sy vir 'n oomblik op na die uitspansel wat nou, in dié uur van absolute nood, die landskap van Sandvlakte in goud verander. "Nog net één hup 'n daisy!" en die vreemdeling hang kop na onder oor Ounooi se rug. "Op! Ounooi, op!"

Stephanie maak 'n kruis van haar voorkop tot op haar bors, dan weer van haar regter skouer na die linker skouer. "AMEN! Dankie Vader. Dankie! "

Uit die saalsak haal sy 'n tou gevleg van sisal. Daarmee bind sy die vreemdeling se hande en voete onder Ounooi se pens vas. "Kom, Ounooi, nou moet ons skarrel. Óf hy dit gaan maak, is net in die Vader se hande ..."

Die maan wat net kort-kort deur vlieswolkies loer, affekteer nie die groepie nie. Stephanie en Ounooi ken elke klip, bossie en erosiesloot, asof hulle dit self daar neergesit het. Na twintig minute, hokaai sy eers vir Ounooi. Met 'n klein sakflitsliggie, kyk sy na die onbekende vreemdeling. Die grys kleur in sy gesig stem haar baie onrustig. Met moeite skeur sy die materiaal by die bytplek oop. Stephanie kyk met afgryse na die plek waar die pofadder se tande die vel gepenetreer het. Die bytplek is rooi en erg geswel, so erg dat sy die swart leerstewel uittrek en in die saalsak druk.

Sy begin draf. Ounooi volg ook met 'n gemaklike draffie, só asof sy weet sy moet egalig draf met die vrag op haar rug.

"Ounooi, ek het 'n plan." Sy gaan uitasem staan. "Dit kán dalk net die man se lewe red ..." Vinnig maak sy die knoop onder Ounooi se pens los. Stadig laat sak sy die vreemdeling, laat hom tussen klippers en karoobossies lê. "Ounooi, nou hardloop jy soos die wind huis toe. So vinnig soos jy kan, gaan roep vir Sofie. Sy is tien teen een al op hete kole, ons moes lankal by die huis gewees het. Sy sal weet iets is verkeerd wanneer sy jou sien. Bring haar hierheen. Toe, weg is jy, Ounooi. Ons het 'n lewe om te red. Die lewe van 'n vreemdeling ... 'n Mooie man, maar tog só vreeslik vreemd."

23

Waar Stephanie op haar boude tussen die tipiese Karoo flora sit, netso effe neffens Anumander, kyk sy met bekommernis na die spontane bloeding wat nou in dun strepies by sy neus uitloop. Vir Stephanie wat bekend is met pofadderbyt, is dié teken vir haar glad nie goed nie. Dít is wat pofaddergif doen. Bloeding intern. Sy weet dat weefselskade gaan intree as daar nie dadelik aandag gegee word nie. Met haar oor teen sy bors, luister sy aandagtig. "Vader, spaar die stomme mens. Hoe gaan ek sy familie laat weet? Hoe gaan ek vir hulle sê hy is doodgebyt deur een van die Karoo se inwoners. Ek weet nie eers wat sy naam is, óf waar vandaan hy kom nie. "Vader, stop die gif, net U kan nou intree."

Sy kyk na haar polshorlosie, die fosfor-armpies, wys dat daar tien minute verby is sedert Ounooi soos 'n wafferse resiesperd weggespring het.

"Wie en wat is jy vreemdeling? Vanwaar Gehasi?" Saggies streel sy oor Anumander se gladgeskeerde wang. Sy voel die Karoo-koue aan sy gesig. Sien die hoë wangbene en die prominente neus. 'n Mooi neus, 'n manlike neus, met 'n effense kromming op die brug. Haar flitsliggie speel oor sy mond. Stephanie sluk wanneer sy na sy vol lippe kyk. Mooi lippe met 'n effense 'Cupid' bow. "Die man is te mooi vir 'n man ... Hoe sal sulke lippe op myne voel?" Sy vee oor haar lippe met die agterkant van haar hand.

Magtig. Stephanie! Waar kom jy nou aan sulke gedagtes? Ai, nee!

"Ja, toe, gewete, wat sou jy gedoen het?"

Niks, Stephanie, op die aarde niks ... Die man loop op die rand van die dood rond, en jy dink aan soen, én sommer nog aan allerhande ander dinge ook. Nee, sies man!

Versigtig soek Stephanie vir 'n sak aan die glinsterpak. 'n Garingdraadjie, of so lyk dit vir haar, trek haar aandag. 'n Klein sakkie, feitlik onsigbaar vir die menslike oog, sit op sy linkerbors. Stephanie trek haar asem in wanneer sy die embleem op die sakkie sien ... 'n Ruimtetuig in die vorm van twee pierings opmekaar met 'n weerligstraal daardeur geweef. Met die klein flitsie, lig sy op die sakkie. 'n Nommer is saam met die weerligstraal geborduur.

Vir lank sit sy en kyk na die vreemdeling. "Hoekom het ek 'n gevoel dat daar meer is aan die vreemdeling, as wat die oog my toelaat om te sien?"

Baie teorieë bombardeer haar denke. Sê nou maar hy is van 'n ander wêreld, ver van hier. Tussen sterrestelsels? Wat het hy dan hier kom doen? Daar moet 'n rede wees hoekom die mooie man, die silwerkleurige klere aanhet.

"Ek hoop jy maak dit, vreemdeling, sodat jy jou storie kan vertel. 'n Storie wat ek beslis nie wil misloop nie. "

Die maan se sukkelstrale wat 'n opening deur die vlieswolke probeer kry, kry dit vir 'n oomblik of twee reg, om vol en helder op die blink eenstukpak van die vreemdeling te skyn ...

Stephanie trek haar asem vir 'n tweede keer in. Die maanlig koester die lenige liggaam van die man in silwer.

"Alles aan die man is absoluut volmaak. Van sy swart hare tot by sy voete. Wie is jy vreemdeling?

Waar is jou mense? Hoe het jy hier in ons ou Karoo, nogal die Moordenaarskaroo gekom?

"Jy het seker nie daaraan gedink dat jy nie bestand gaan wees teen die Karoo se koue nagte nie. Nié in hierdie pragtige blink pakkie nie." Stephanie trek haar denimbaadjie uit, gooi dit oor Anumander. "So ja, Boetman, so leer mens mos maar."

Boetman? Stephanie, die man is seker maklik ses jaar ouer as jy, dalk meer. Respek, Stephanie, soos jou ma jou geleer het ...

Hoofstuk 3

Onrustig loop Yacub Chodoshi, Anumander se tweede in bevel, al om die tuig. "Nie in 'n miljoen jaar sal ek dié tuig in so 'n kort rukkie kan herstel nie, drie dae miskien." Uit 'n platterige deurskynende fles, wat hy uit sy gereedskap-trommeltjie haal, drink hy die laaste van Dagobah se water. "Ek kan nie eers op sy spore agter hom aanloop nie. Dit is eenvoudig net té donker. Net 'n maan wat kort-kort wegkruip agter vlieswolke. Die ergste van alles, Anumander het die kommunikasietoestelletjie, wat hulle op die sakkie van hul pakke dra, in sy kompartement vergeet.

Planeet Aarde, hoekom het jy net een maan? Waar op die aarde is jy, Anumander? Waar gaan ek hom in hierdie onherbergsame vlaktes opspoor? Dit is seker nou al ure sedert die noodlanding."

Met 'n plan loop Yacub vinnig terug na die tuig. In sy navorsing oor planeet Aarde, het hy ook geleer vuurmaak. Nie dat dit ooit nodig was om op Dagobah vuur te maak nie. Op die planeet met geen sterre en sy twee mane, is dit lig genoeg in die nag. Ook die dae op Dagobah is en was, volgens sy wete, altyd heerlik.

Met hulle eie son, is Dagobah die ideale planeet om op te bly.

Met 'n klompie droë materiaal, meestal droë karoobossies, pak hy 'n stapeltjie soos hy gesien het die aardmense doen. "Hoe nou gemaak? Dit is maklik met vuurhoutjies, soos die aardmense vandag doen, óf ons Dagobahners se eie manier ... Iewers in sy kop hoor hy duidelik sy pa: Die ou manier, Yacub ...

Dit vat 'n hele rukkie voor hy dit regkry. "Die aardmense sukkel darem verskriklik, maar as dit al manier is om vuur te kry, dan doen ons dit so."

Hy dink aan alles wat hy opgelees het. Van die vroegste tye af, maak mense vuur op die Aarde. In die Kalahari, kon hulle die Boesmans na aap. Hulle was al 'n paar maal daar om inligting in te win. Ongelukkig was die Kalahari met sy wye vlaktes en rooiduine, ook nie geskik vir dít waarna die Dagobahners opsoek was nie.

Hulle volgende mikpunt was die Karoo, hier is dit effe anders ... Hulle ekspedisies na dié mooi deel van die Aarde het heelwat materiaal opgelewer, maar ook dié streek wat die aardmense Karoo noem, was ook nie geskik vir dít wat hulle beoog het nie. Wéér en wéér is hulle deur Dagobah se leiers aangesê om terug te keer vir nóg navorsing, want die Karoo met sy bossies en wye vlaktes het potensiaal getoon.

Yacub deins verskrik terug toe die droë karoobossies vlamvat. Die effens groeneriges maak 'n klomp rook wat Yacub laat hoes. So erg dat hy vir 'n oomblik sy oë wegdraai van die vuur.

Wat Yacub nie weet nie, is dat die gloed van die vuur teen die donker van die vroegaand, duidelik sigbaar is vanwaar Stephanie met Anumander is. Ook die reuk van die rook ry saam op wieke van 'n effense bries. Net genoeg bries om die reuk van brandende karoobossies tot by Stephanie te bring. "Wat de duiwel?" Sy skiet soos 'n binneveermatras se veer regop. "Sou dit weer die mynmense wees?" Die oranje gloed van die brand stem Stephanie onrustig. Sy weet wat kán gebeur wanneer die bries ontaard in 'n Karoowind. Dan verander die Moordenaarskaroo in twee tellings in 'n inferno.

Sy byt op haar lip, oorweeg om na die brand toe te hardloop. Maar, sy weet ook dat dit fataal kan eindig vir die vreemdeling … "Kom tóg nou, Ounooi!"

Verbouereerd staan Yacub en kyk hoe kuithoogte vlamme al nader na die tuig toe beweeg. "'n Vuur op eie bodem is een ding, maar 'n vuur buite beheer op 'n ander bodem …"

'n Skrale drie treë van die tuig af, draai die wind wonderbaarlik. Dryf die vlamme, wat alreeds begin kwyn as gevolg van groen bossies, weg van Yacub en die tuig.

Nog 'n paar opswiep dwarrels volg kort op mekaar. Rook, as en roet sif soos vlokkies neer. Waar Yacub op die eerste trap staan, blaas hy stadig sy ingehoue asem uit. "Dêmmit, dít was darem nou amper!" Hy vee oor sy oë wat ongenadiglik brand van die rook. Sy silwerblink pak vertoon nou net so vaal, soos die as van die karoobossies.

Dit is nie net Yacub wat oorstelp is van vreugde oor die wind wat gedraai het nie ... By Stephanie is daar óók 'n groot vreugde toe sy uiteindelik die ou afgeleefde Land Rover sien naderkom. Ounooi hardloop oop en toe vooruit. Met 'n hewige snorkgeluid stop Ounooi langs Stephanie en die vreemdeling. Los grond spat onder haar hoewe uit, soos sy brieke aanskop. Sy runnik skril ...

"Dankie Ounooi, jy het mooi gemaak. Rustig nou, rustig ..."

Ounooi retireer verskrik toe 'n skril geluid vanuit die ingewande van die Land Rover se enjin opslaan. Dié se revolusies loop skreeuend om hulp. "Sluit af, Sofieeee! Sofieeee! Sluit af! Die rev's is té hoog! Hy gaan bearings slaan! Sofie, kyk waar jy ry, jy gaan in die kontoerwal vasry. Links, Sofieeee, links ... O, Genade tog! Ons gaan nou-nou met twee ongevalle sit!"

Deur die venster van die ou Land Rover, beduie Sofie iets vir Stephanie. Sy swaai haar regterarm heen en weer. "Wat seg jy nou van kontememoere?! Haai, nee, Stephanie-kind! As jou ma jou nou moet hoor ..."

Sentimeters van Anumander en Stephanie, kom die ou Land Rover tot stilstand. Sofie spring uit terwyl die enjin nog huff en puff. Blou rook met die bekende dieselreuk, laat Stephanie onbeheersd aan't niese gaan. "Siesa ...!"

"Genade, Sofie, waar het jy leer bestuur? Jy en die pofadder is wraggies ewe gevaarlik. Het jy die teengif saamgebring? Dit is 'n nare pofslang wat die man beetgekry het. Hoe lank terug, dié weet ek nie. Al wat ék weet, hy moet gouer as nou teengif kry."

"Ek het, Stephanie! Ek het vermoed dat daar groot groot fout moet wees. 'n Pofadder, óf 'n ongeluk ... of só iets, my kind. Toe ek Ounooi sien, en nie vir jou nie, het ek vir myself gesê: Sofie Maria Gertruida Henger, daar is moeilikheid. Groot moeilikheid. Die perd hardloop mos nie altyd soos 'n wilde ding nie. Sy het vreeslik tekere gegaan. Gerunnik-roep. Stephanie-kind, jy het daardie merrie mooi geleer.

"Ek het dadelik die ou krok se sleutels gegryp, agter Ounooi aangejaag ... Kom, kind, trek die dosis op. Hoe gouer hy teengif kry, hoe beter. Dan moet ons hom by die huis kry. Is hy een van die mynmense?"

"Geen idee nie, Sofie." Met presiesheid trek Stephanie sestig cc's uit die botteltjie op in die plastiekspuit. Sy plaas die botteltjie met teengif weer in die koelsak. Sonder om 'n oog te knip, trek sy Anumander se mou tot oor sy elmboog. Behendig maak sy met 'n alkohol-lappie die waai van sy arm skoon, druk dan die naald in 'n aar. "Daar, nou moet ons net hoop en bid. Onthou my om die pakkie met die alkohol-lappies te vervang, daar is nog net een oor. Ons moet ook nog teengif kry, die goed het mos 'n vervaldatum.

"Sofie, nou moet jy help om hom in die Jeep te kry. Dan ry jy huis toe. Wees tog net versigtig ... En Sofie, sit tog net oor na tweede-rat, jy sal wraggies die enjin laat oppak, dan het ons méér moeilikheid, en nóg meer as my pa uitvind ... Ek kom met Ounooi."

Sofie kyk in die truspieëltjie, sien die swartkopman wat met sy kop agteroor lê teen die agterste sitplek se rugleuning. "Wat sal so 'n spiekeries man soos jy in die middel van die Karoo maak? Dit nogal in die ou Moordenaarskaroo?" Sy uiter haar woorde sagkens … "Netnou hoor hy perdalks, hoe sal ons nou weet of dié grênd man nie dalk 'gawes' het nie."

Die ou Land Rover ry sagkens oor die vaalgrond, skommel versigtig. "Kind, jy is nie van die myne nie, ek sien sommer. Jy is té prim en propper. Jy is 'n gentleman, van die upper-class …"

As Sofie hulle maar net geweet het. Sy was so reg met haar voorspelling op daardie einste oomblik. DIE UPPER- CLASS … Letterlik en figuurlik.

Maar gou genoeg sal hulle uitvind wie die Upper-class man is.

By die huis is dit 'n gespook en gespartel om Anumander in die vrykamer te kry. "Sofie, hy lyk sleg. Wat kan ons nóg doen?" Stephanie voel 'n benoudheid oor haar lyf uitslaan. "Sofie, is ou Velskoen nog hier naby? Hy sal weet. Die ou is ouer as Metusalag. Baie slim met siektes en ander dinge."

Sofie staan vir 'n oomblik stil. Hand in die sy, beduie met haar kop na Anumander. "Gaan roep jy vir Velskoen, my kind. Ek gaan hom tussen die lakens kry. Daar is niks wat ou Sofie nog nie gesien het nie. Tóé, Stephanie, roer vir jou, jy is altevol nuuskierig."

Nog voor Stephanie by die kombuisdeur kan kom, is daar 'n harde klop. "Wie sou dit nou dié tyd van die aand wees? Tog net nie weer iets met die Dormers nie …" Ongeduldig pluk sy die agterdeur oop: "Oom Piet! is dit alweer die Dormers? Ek sal …" Stephanie se woorde stol op haar tong. "Ou Velskoen, en as jy nou lyk of 'n spook op jou nek sit?" Sy kyk na waar ou Velskoen beduie. "Nou, wat op aarde?!" Stephanie se oë rek soos pierings toe haar oog op die man val wat langs ou Velskoen staan. 'n Man in silwerblink klere, net soos die vreemdeling s'n. "Wat gaan in die Moordenaarskaroo aan vanaand? Ga my, ons is getoor."

"Juffrou, ek weet nie wat toor beteken nie, sover het ek daardie woord nog nie teëgekom nie. En glo my, ek ken nou al heelwat Afrikaanse woorde." Ou Velskoen rol sy oë opwaarts, gaan aan't hoese, net om die aandag op hom te vestig. "Juffrou Stephanie, ek het in my ouderdom, nog nooit so iets gesien nie." Velskoen snak dramaties na sy asem, wys met sy vinger na die man in silwerblink klere. "Ek het hom in die veld gekry, naby waar dit gebrand het. Ou Velskoen het die rook gesien, gaan kyk, want ons weet mos die Karoo kan lelik brand as die bossies vlam."

Eers wil Stephanie uitbars van die lag vir die uitdrukking op die vreemde man se gesig. "Waar op dees aarde kom julle vandaan? Hier is definitief nie 'n sirkus in die naby dorpe nie ... Die ander een het dieselfde blink klere aan. Ek vermoed jy soek na hom? Wel, dan is jy op die regte plek, meneer Watsenaam. Net die ander ene speel op die kerkhof se stoep rond."

Stephanie sien die verwarring in sy mooi oë. Sy kyk na die res van sy gesig. Waar op aarde kom die mooie manne vandaan? Die een is amper aantrekliker as die ander een.

"Ek is nou verward, Juffrou, waar is die kerkhof? Dit sal baie ongehoord wees as my bevelvoerder daar rondspeel."

"'n Bevelvoerder? Van waar en van wat nogal?" Stephanie staan hande in die sye met 'n uitdrukking van: praat jy nou nonsens, óf wat?

Hý! O, nee. Nee, Juffrou, ek praat nie nonsens nie. Hy ís die bevelvoerder van ons weermag. Hy is ook 'n natuurkundige, asook professor by een van ons universiteite. Die goed wat u praat, maak nie sin nie. Hoekom sal hy nou op die kerkhof se stoep wil speel ...?"

Vóór Stephanie tot verhaal kan kom, is Yacub weer aan die woord. "Juffrou, laat ek myself voorstel. Ek is luitenant Yacub Chodoshi. Die man van wie u praat, is kaptein Anumander Krolin. Is dit moontlik om met hom in kontak te kom? U sal my net moet beduie waar die kerkhof is waarvan u praat, sodat ek inderhaas kan gaan ..."

Die wind is heeltemal uit Stephanie se seile. Sy besef nou, dat die twee mans nié van 'n sirkus is nie. Waarvandaan hulle kom of gaan, kan sy nog nie bymekaar bring nie. Die inligting van Yacub, asook die eerlike vraag rondom die kerkhof-grappie, laat haar letterlik kopkrap. Hoe is dan moontlik dat daar twee mans, met die mees ongewone kleredrag, oor en op haar drumpel is? En dié ene praat nogal Afrikaans. Wat sou die generaal Krolin praat. Sy glimlag vir haar eie flou grappie. Kaptein Krolin ... 'n Glimlag vorm om haar mooi mond. 'n Sagtheid blink in haar oë.

"Luitenant Chososha, uhm, genade ek kan nie glo wat ek hoor nie."

"Verskoon tog, Juffrou, dit is luitenant Chodoshi, nié Chososha nie ..."

"Jammer, Luitenant, dit is net 'n baie vreemde van. Heeltemal onbekend aan ons geweste, hier in die Moordenaarskaroo. Luitenant, die kerkhof was regtig net 'n simpel grappie... Kaptein Anumander Krolin is hiér. Jy kan saam met my kom." Met die woorde begin Stephanie aanstap na waar Anumander in die vrykamer lê. Oor haar skouer, sê sy vir ou Velskoen om te bly. Hulle moet dringend praat.

Anumander vertoon baie bleek in die lig van die bedlampie. 'n Onrustigheid kom oor Stephanie. Vir haar lê Anumander onrusbarend stil.

Sy sien ook dat Anumander se blink pak netjies oor 'n stoel in die hoek van die kamer hang. Vlugtig voel sy met die agterkant van haar hand aan sy voorkop. "Die koors is erg. Ons sal iets daadwerkliks moet doen. Anders gaan die pofslang wen."

"Juffrou, hoe, wat en waar ... Ek was besig om herstelwerk te doen, hy het gesê hy gaan water soek. Óf, dalk het hy niks gesê nie. Ek is nou só geskok om hom so te sien, ek kan nou nie reguit dink nie.

"Ongelukkig het hy sonder sy kommunikasie-sendertjie geloop. Hy moes baie ingedagte gewees het, want dit is nie in die kaptein se aard om agterlosig te wees nie."

Yacub staan nader, bekyk sy bevelvoerder, krap dan aan sy ken. 'n Handeling van kleins af wanneer iets nie vir hom reg lyk nie. "Juffrou, kaptein Anumander Krolin is dodelik siek."

"Hy ís, Luitenant. Pofadder-siek ... Jammer, jy verstaan mos nog nie heeltemal nie. 'n Pofadder is 'n slang. 'n Baie giftige en gevaarlike slang wat ons hier in die Karoo kry. Die ding het hom aan die kuit beetgekry. Ek het per toeval op hom afgekom. Ons het hom 'n teengifmiddel ingespuit. Hom dadelik hierheen gebring."

Yacub staan handewringend. "Sal hy gesond word? Sal die teengif hom help?"

"Ons hoop en vertrou so. Ons gaan alles in ons vermoë doen om hom te red."

Yacub skrik toe Sofie inkom. "Sofie, dit is luitenant Yacub Chodoshi, hy en ons vreemdeling ken mekaar. Luitenant, dit is Sofie Henger, sy bly ook hier op Sandvlakte."

"Aangenaam om kennis te maak, Sofie Henger. Net jammer van die omstandighede."

"Aarde, mens! Waar kom julle vandaan? Julle twee is darem mooie manne ..."

"Ek bedank u innerlik vir die uitspraak van u, Sofie Henger." Yacub glimlag by homself. "Is my Afrikaans darem so dat u dit kan verstaan?"

Stephanie giggel onderlangs. "Soortvan, Luitenant. Sofie help hom reg, ek gaan gou met ou Velskoen praat." Met dié woorde is Stephanie proestend by die vrykamer se deur uit.

Yacub kyk vraend na Sofie. "Is daar iets verkeerd, juffrou Sofie Henger? Die ander juffrou maak snaakse geluide. Dalk het sy verstik ..."

"Ai, nee ... Wat het jy gesê is jou naam? Want ek gaan nie aanmekaar vir jou Luitenant sê nie." Terwyl sy met Yacub praat, lig sy die laken op, ontbloot

Anumander se been. "Vader, nee! Net U kan nou help."

Ook Yacub kry 'n geelbleek kleur om sy kiewe. "Ons sal móét terug Dagobah toe. Daar sal ons dokters hom gesond kry. O, ja, Juffrou. My naam is Yacub."

"Dagobah? Wat vir 'n plek het so 'n snaakse naam?" Sofie kry 'n innerlike gevoel wat haar so effe onder die belt slaan. "Waar is daardie Dagobah waarvan jy praat, Yacub?"

"So effe noord van die Diereriem ... Waar die Kreef en Tweeling hande vat. Dit is nou wanneer mens oor die streep dowwe sterre gaan. Ek praat nou van die Melkweg, juffrou Sofie. Ek weet hy skyn baie helder hier in die Karoo. Só helder, dat baie aardlinge praat van silwer balle aan die hemelruim."

"Yacub, mens, het jy 'n knertsie voggies in? Wat praat jy nou?" Sofie gaan sit op die voetenent van die bed. "Jy seg anderkant die Melkweg? Moet nou nie vir my sê julle twee is Aliens nie."

"Kyk nou mooi na my, asook na kaptein Krolin, Sofie. Lyk ons soos daardie lelike goed op die prentjies? Grys figuurtjies met lang arms, groot koppe en swart langwerpige oë."

Sofia sien dat Yacub hom bietjie verêrre het ... "Nee, wraggies nee, Yacub. Julle lyk regtig nie soos daardie gedroggies nie. Maar, sê my, Yacub, ek meen te sê, jy sal mos weet. Ís daar sulke lelike goed in die ruimte waar julle bly?"

"Om die waarheid te sê, juffrou Sofie, ek het hulle nog nie gesien nie. In Dagobah se sterrestelsel, jy onthou mos, ek het gesê anderkant die Melkweg. Wel, ons Dagobahners is baie gesofistikeerd. Ons planeet is pragtig groen met baie water. Daar is pragtige blyplekke, winkels en skole. Alles en nog meer. Net soos hier op dié planeet.

"Ons is ook bewus daarvan dat die Aarde se mense altyd opsoek is na 'lewe', soos julle dit noem. Ons weet ook dat die Amerikaners byvoorbeeld beweer, hulle het ruimtewesens se tuie afgeskiet. Hulle het skynbaar bewyse ...

"Maar dit daar gelaat, ons moet die kaptein by ons ruimteskip kry, dit is ons beste opsie. Hier in die verlatenheid van die Moordenaarskaroo, ver van enige fasiliteite en gerieve, gaan die slang se gif as die wenner uit die kryt tree."

"Gee net bietjie tyd, Yacub. Die gifmedisyne doen nou hul werk. Die kaptein is 'n sterk man. Ek glo vas dat ou Velskoen en Stephanie met iets vorendag sal kom.

"So van die os op die jas, Yacub, ek kan amper nie glo wat jy my vertel nie, máár, jinne julle is klinkklare bewyse dat dit wel waar is. Ek meen te sê ... Kan 'n mens nou wraggies glo dat daar nog 'n planeet soortgelyk aan planeet Aarde is, en dat daar mense bly wat soos ons lyk?" Sofie slaan haar hande saam. "So tussen my en jou: Ek het altyd maar gedink daar móét lewe in die ruimte wees. Sofie Henger het dit nie net gedink nie. Sy het dit geweet.

"Net gister, óf was dit nou vanoggend? Maar nie te min, ek het 'n blink affêre gesien. Baie baie vinnig. Vir 'n paar tellings het dit doodstil gehang, toe soos 'n vetgesmeerde blits na die koppe se kant verdwyn. Was dit altemit julle, Yacub?"

"Dit wás definitief ons, juffrou Sofie. Ons ruimtetuig het een of ander probleem ontwikkel, ons moes 'n noodlanding doen."

"Ek wil nou nie my neus in julle besigheid steek nie, ou seun, maar wat het julle nou eintlik hier kom doen? Ek bedoel nou, hier in die Karoo? En dit nogal die Moordenaarskaroo?"

"Dagobah is kleiner as planeet Aarde, ons soek 'n geskikte planeet om op uit te brei. Ons bevolking word groter. Sou ons die Aarde geskik vind, sal ons met julle owerhede beraadslaag ... Met 'n tussenganger dalk, of een van ons, net nie in ons tradisionele drag nie. Ons dra maar die blink pakke as ons op reis is.

"Ons was al oral, nog nooit 'n geskikte plek gekry nie. Navorsing het bewys dat twee plekke op planeet Aarde geskik kán wees, die Kalahari en die Karoo. Ongelukkig was die Kalahari, ná baie navorsing, nie geskik nie. Ons is beveel om weer terug te kom Karoo toe. So was ons nou al 'n hele paar keer hier. Ons sien duidelik potensiaal ..."

Naderende stemme verhoed Yacub om verder met sy storie aan te gaan. Hy, sowel as Sofie kyk met afwagting na die kamerdeur. Ou Velskoen wys sy gesig eerste, kort op sy hakke volg Stephanie. By altwee is daar kommer te bespeur. "Het die koors al gebreek, Sofie?" Stephanie voel aan Anumander se voorkop. "Hy brand uit ... Ou Velskoen, wat doen ons nou?"

"Hy is té ver heen, juffrou Stephanie, die man het net té lank met die gif in hom gelê. Ou Velskoen se gedagtes is op. Niks gaan help nie. Ons kan dalk nog een ding probeer, maar wraggies, juffrou Stephanie, as jy hom net vroeër gekry het. Die gif het klaar 'n houvas."

Stephanie kyk weer na Anumander wat stil en baie bleek onder die liggroen lakens lê. "Ek weier om op te gee. Die pofslang kan nié wen nie ... Ek sal dit nie toelaat nie! Sofie, bring my ouma-groot se boek. Hy is daar in die sideboard se onderste laai, daar sál iets in wees. Plaas ons al vroeër aan die boek gedink het."

Terwyl sy praat, vee sy met 'n klam waslap oor Anumander se voorkop. "Veg, Kaptein. Onthou jy moet jou storie vir ons vertel. Veg teen die pofgif, jy kan nié nou opgee nie, hoor jy vir my, Anumander Krolin! Dit is 'n bevel."

Ook Yacub beaam Stephanie se woorde. "Kaptein Krolin, jy het die juffrou gehoor. Hierdie is 'n opdrag én 'n bevel!"

"Wat is jou laaste plan, ou Velskoen? Ons moet nou vinnig speel."

"Karoobossies se aftreksel en baie Engelse sout. Dit maak die bloed skoon. Ons kan probeer, juffrou Stephanie, ek gaan gou bossies kry. As Sofie kom met die boek, seg sy moet solank water kook."

Minute later kom Sophie met 'n boek in die kamer in. 'n Boek wat duidelik baie gebruik is. "Hier, kind."

"Ek kyk gou, gaan kook jy water, Sofie, lyk of ou Velskoen 'n plan het ..."

Al met die indeks langs van die boek beweeg Stephanie se wysvinger. By P beweeg sy stadiger. "PYN... Ore, rug, kop. "Hier móét iets wees. Dáársy! POFADDER BYT: Trek jong groen karoobossies soos tee. Voeg 6 e Engelse sout by. Forseer soveel

40

moontlik van vloeistof by die pasiënt se mond in indien bewusteloos. Andersins laat hy alles drink. Was wond met oorblywende vloeistof.

"Nou kyk nou, dieselfde waarvan ou Velskoen gepraat het. Ek het 'n goeie gevoel, sowel as hoop."

Hoofstuk 4

Dit is toe nie kinderspeletjies om die lou vloeistof by Anumander se mond in te kry nie. As gevolg van pyn, klem hy ook in sy bewustelose toestand, sy kake opmekaar. Met 'n groot gesukkel laat Stephanie, met behulp van Yacub, vloeistof by die hoek van sy mond in.

"Seker darem 'n koppie of so ..." Yacub vee die sweet van sy voorkop af. "Juffrou Stephanie, as daar nie 'n verbetering is teen môreoggend nie, moet ons Dagobah toe, anders gaan ons die kaptein verloor. Ek sal moet wikkel om die tuig weer vliegwaardig te kry."

"Waarheen, sê jy. Yacub?" Stephanie los alles waarmee sy besig is, kyk na Yacub met 'n frons tussen haar oë ... "Sê weer, waarheen? Verstaan ek jou reg as jy sê Dagobah, Yacub? Waar op dees aarde is dit?"

Sofie neem haar kans waar, tree na vore, gaan staan langs Yacub. "Stephanie, jy gaan nou nie glo wat ek jou nou gaan vertel nie. Kind, ek het ook eers nie, maar dié twee is 'n bewys dat dit waar is ... Yacub en Anumander is van die planeet Dagobah. Dis báie, báie ver weg, so ver soos anderkant die Melkweg. Toe nou, Yacub, moenie nou met 'n mond vol tande staan nie, help bietjie! Jy sien mos nou, Stephanie glo nie 'n dooie woord wat ek praat nie."

"Juffrou Stephanie, dit is waar. Ons is van die planeet Dagobah. Ons het plant, sand en klipmonsters kom haal vir navorsing. Óns, dit is nou ek en kaptein Krolin, was al 'n paar maal hier. Die Karoo, veral die Moordenaarskaroo het baie potensiaal ..."

Yacub voltooi nie sy sin nie, deins verskrik terug toe Stephanie met twee treë reg voor hom kom staan. Haar wange rooi van ongeloof, ook 'n goeie skoot woede wat haar blou oë nog blouer maak. "Om wat te doen? Navorsing om die Karoo te vernietig? As dit nie die mynmense is nie, dan is dit mense wat hul voordoen, soos julle byvoorbeeld ..."

"Wat is dit wat julle almal wil hê? Die Karoo se vlaktes is ongelooflik sensitief en delikaat vir mense se aanhoudende gerondkrappery. Het julle 'n idee hoeveel lewe daar is onder die Karoo se sand en grond? Tussen die bossies en klippe? Nee, julle weet nie, want as julle bewus was daarvan, sal julle almal ophou met die gekrap."

"Kalmeer, Juffrou, ons is nie daarop uit om te verniel nie. Ons kom in vrede. Wie en wat is die mynmense waarvan jy praat? Dit klink mos of hulle vernielsugtig is."

Yacub kyk na die meisie voor hom, hy sien die blonde poniestert wat hoog op haar kop vasgemaak is. Die lang donker wimpers wat blou oë versluier. Die wange wat rooi is van woede. Hy kyk met genoegdoening na haar perfekte figuur. Wat 'n beeld van 'n meisie ... Die gedagte, spoel amper saam met sy bewondering by sy mond uit. Versigtig, Yacub! Versigtig!

Die nag se waak by 'n uiters siek Anumander, trek 'n baie lang asem. Om die beurt, spons Sofie en Stephanie hom af. Nóg 'n paar koppies van die lou galbitter vloeistof, vind 'n pad na sy maag met 'n groot gesukkel

Vir Sofie, lyk dit of die bytplek minder gifgoed dreineer. Ook nie meer so vreeslik blougroen is nie. Versigtig sit sy die flennie-lappie wat deurdrenk is met die bitter vloeistof, terug oor die bytplek.

Máár Sofie weet wat sy weet ... Sy sê altyd maar 'Ou kalant, lank in die land'. Want sy wat Sofie Henger is, weet dat die stryd teen die pofslang se liederlike gifgoed nog lank nie verby is nie. Inteendeel, die groot stryd begin nou eers.

Die drie baie moeë mense, wat saam met Anumander veg teen die pofslang se gifgoed, kry net so titseltjie rustyd voor dit weer tyd is vir die volgende dosis gal en edik medisyne.

Sommer so sit-sit op twee kombuisstoele, wat ou Velskoen ingedra het, dommel Sofie en Stephanie vir 'n paar salige minute in. Heeltemal onbewus van die gifgoed wat stadig maar seker die toppunt bereik in Anumander se lyf. Óók die bloed in sy are sug vir die koors. Witbloedselle skommel mekaar, om in beheer te bly teen die monster in hul midde. (Dis nou te sê as bloed in die are kón sug ...)

Yacub kyk na sy bevelvoerder en vriend met intense kommer in sy bruin oë. Sy kennis van slange is beperk. Hy weet nou dat hy meer oor die ongediertes in die Karoo moes oplees, want op Dagobah is daar geen slange om te bestudeer nie.

In die stilte van die vroegoggend ure, is dit Yacub wat eerste die sagte kreun hoor. Doodstil, met ingehoue asem en hart wat onreëlmatig begin klop, staan hy vir 'n minuut en luister. Met 'n sug gaan sit Yacub weer op die rand van die kombuisstoel. "Maggies, ek hét iets gehoor ..." Sy fluisterstem klink hard in die sterk skemer en die stilte van die vrykamer.

"Yacu..." Saggies, skaars hoorbaar kom die kreun weer. Yacub spring so vinnig op dat hy oor Kolle struikel wat op 'n matjie lê en slaap. Yacub herstel vinnig terug na sy ewewig. Met een lang tree is hy by Anumander se bed.

Die skemerte is vir Yacub op daardie spesifieke oomblik, uiters frustrerend. Hy buig oor Anumander, hul koppe millimeters van mekaar. Yacub ruk sy kop vinnig op. 'n Hitte, ongekend aan Yacub, slaan hom in sy gesig. Hy besef op daardie oomblik, dat daar 'n geweldige koors in Anumander se lyf broei.

"Kaptein Krolin, hoor jy my? Genade tog, Kaptein, maak oop jou oë." Maar al reaksie wat hy kry, is 'n sagte gemompel. Yacub voel hoe 'n pikswart angs oor hom kom hang. 'n Angs wat dit duidelik uitspel: Kaptein Anumander Krolin gaan dit nie maak nie. Die gifgoed gaan sy slagoffer opeis.

"Kan iemand 'n lig bring? Dit lyk of hy wil bykom! Sofie! Hier is groot fout, báie groot fout! "

Oomblikke later knars 'n vuurhoutjie op swawel. Die reuk van paraffien hang dadelik swaar in die kamer rond. Die pit van die paraffienlamp vat feitlik oomblikik vlam, gooi 'n flikkerende gloed in die kamer, skep 'n paar drogbeelde wat histeries rondspring teen die mure.

Sofie draai die pit effe laer, kyk met kommer na Anumander. "Dit is die draai van die gifgoed ... Van hier af aan, sal ons moet bid vir genade, soos nog nooit tevore nie. Onwrikbare geloof hê, dat onse Vader hom gaan bystaan in hierdie diep donker tyd wat voorlê ..."

Met 'n geweldige ruk wat deur Stephanie se liggaam en wese gaan, skrik sy verward wakker uit 'n nagmerrie. Sy vryf oor haar arms, probeer die hoendervleis wegvee. Sy sien vir Sofie en Yacub wat soortvan kopondersteb by Anumander se bed staan. Yskoue vingers streel teen haar rug af. 'n Benoudheid trek haar keel toe. Sy wil roep, maar haar stem sit in haar keel vas.

'n Geluid wat sagter is as 'n muispiep, laat Sofie omkyk. Sy sien die onrus, die bekommernis, in Stephanie se oë. Sy wéét dat die vreemdeling, net soos 'n Dormerlam, simpatie asook empatie by haar mooie Stephanie sal ontketen ... Dit is hoe sy is, jammerte in haar hart en siel vir alles wat leef en beef.

"Hy leef nog, kind, maar ook net-net. Die draai het gekom, die koors wil uit, máár die gifgoed hou die koors gevange binne. Kom, kind, Yacub, dit is tyd dat ons vra vir hulp.

Nog 'n pragtige oggend breek vol hemelse glorie aan. Verander die Moordenaarskaroo in 'n goue landskap, selfs Sandvlakte skitter goud in die son se oggend strale.

In die vrykamer van Sandvlakte se klipsteenhuis, is daar alles behalwe 'n skittergloed. 'n Bedompige koorsreuk, tesame met die bitterreuk van die konkoksie wat Anumander kort-kort moet drink, hang swaarmoedig in die lug. Die koors bly sit, soos Karooklitse in die Dormers se woljasse.

Sofie kyk na Anumander wat sukkel met asem. "Stephanie-kind, bring bietjie Vaseline, die man se lippe bars van koors. Ons sal hom in 'n bad met baie koue water moet sit. Waar is Yacub? Hy sal moet help. Kind, gaan tap solank koue water in die bad, ek sal ys uit die diepvries loop haal."

"Ons sal moet toesien, Sofie. Yacub en ou Velskoen is na die ruimtetuig toe. Hy sê hy moet die ding reg kry, Anumander moet Dagobah toe. Sofie, ek kan dié ding nog nie mooi glo nie."

"Glo dit, kind. Daar op die bed lê die bewys. Ek wonder net so by myself, hoekom sien ons hulle nou eers?"

"Ja, Sofie, maar sê nou maar …"

"Daar is nie 'n máár nie, Stephanie. Kom, kind, gaan draai die kraan oop, ons moet eenvoudig die koors 'n les leer. Ek het regtig nie 'n begeerte dat die mooie man moet dood nie. Gaan kry een van jou pa se slaapbroeke … Toe, toe, Stephanie, kry lewe kind! Die man kan nie in die bad lê in sy adamsgewaad nie, jy is nog té nat agter die ore."

Nog voor Stephanie met die slaapbroek daar is, begin Kolle blaf. "Ja-nee, dit moet Yacub en ou Velskoen wees. Ek meen te sê, as ék Kolle was, was ek histeries vir daardie silwer gedoente wat soos 'n handskoen sit. Moet darem byvoeg, die Yacub lyk altevol ..." Sofie klap haar tong, vee oor haar gesig. "Sofie Henger! Gedra vir jou mens!"

Met dié kom Stephanie met een van haar pa se Long John's by die kamer in. "Hoekom raas jy so met jouself, Sofie? En hoekom moet jy jouself gedra? Is dié reg, ek kry nie 'n slaapbroek nie?"

"Kind, nee. Jy hoef nie te weet nie, ek het jou mos al gesê, jy is nog te nat agter die ore ... Die Long John is reg, gee aan, Stephanie, dan loop roep jy vir Yacub en ou Velskoen sodat hulle kan help. Stephanie, jy kan solank vir Ounooi loop wortels gee ... Maggiestraat! Stephanie! Hoor jy wat ek vir jou sê?"

"Ek hoor, Sofie. Jinne, jy maak asof ek tien jaar oud is. Roep my wanneer julle klaar is ..."

Wipstert stap Stephanie by die vrykamer se deur uit. "Ek, nat agter die ore? Vaderland, ek het al heelwat én nog wat én alles wat in my lewe gesien ..."

Terwyl Ounooi smul aan 'n geelwortel, kom 'n gedagte by Stephanie op. Met 'n glimlag op haar lippe gaan haal sy Ounooi se toom. Soos blits is sy op Ounooi se rug, sonder 'n saal, én natuurlik sonder 'n hoed. 'n Hoed is 'n absolute móét in die versengende son van die Karoo wat sommer vroeg-vroeg sy ware kleure vir die dag begin wys.

Met haar ma se stem in haar ore, wat haar teregwys op die nié hoedding, skeur hulle die vlaktes. Met die oggendwind in haar hare en 'n lied in haar hart, galop sy en Ounooi in die rigting wat ou Velskoen beduie het. "Laat ek dan maar self gaan kyk. Self ondersoek instel, my vergewis van die waarheid ..."

Op 'n effense hoogte hou sy Ounooi in. Wat Stephanie sien, bring 'n rilling wat haar asemloos laat. Onder aan die voet van die hoogte, staan die silwerkleurige ruimtetuig. Ook Ounooi spits haar ore, proes 'n paar keer. "Goeie genugtig, dan is dit waar! 'n Regte egte ruimtetuig op Sandvlakte se sandgrond!"

Vinnig gly sy van Ounooi se rug af. Stap dan voetjie vir voetjie vorentoe met die wit merrie agter haar aan. Sy snak na haar asem wanneer sy vier treë van die tuig af is. "Vaderland, die ding is enorm. My asem is nou skoon weggeslaan."

Yacub se bekommernis oor Anumander, het gemaak dat hy heeltemal vergeet het om die deur se outomatiese beheerknoppie te druk, sodoende staan die deur wawyd oop bokant die stel van tenminste twintig trappe. Dit is nou waarheen Stephanie mik. Sy gooi Ounooi se leisels sommerso ongeërg oor 'n Karoobossie, want sy wéét, Ounooi sal nie 'n hoef lig om weg te loop nie.

Versigtig betree sy die eerste trappie. Verwonderd gaan staan sy doodstil op die tiende een. "Stephanie le Roux, jy soek nou grootskaalse moeilikheid. Sê nou die ding gaan aan't vliege, wat dan?" Voor sy haar kom kry, stap sy die ingewande van dié vreemde gedoente binne.

'n Verligte paneelbord is die eerste ding wat sy raaksien. Liggies en meters flikker onder 'n skerm, soortgelyk aan 'n groot TV-skerm. Met haar kop skuinsgedraai, staar sy na 'n lugfoto van Sandvlakte, asook die omliggende plase.

Sy herken vir Spioenasiekop, ou Piet Maarskalk se plaas. "Mensig, maar die lugfoto's is uitmuntend geneem, ek sien tot vir Kolle, ook die Dormers. Kyk nou net, ook ou Piet Maarskalk se twee Friesperde, én daardie wetter van 'n Jerseybul."

Nuuskierigheid kry die oorhand, lei haar al dieper die tuig in. 'n Goed toegeruste, ultramoderne kombuis, met toebehore wat sy ken, slaan haar asem behoorlik weg. Om nie eens te praat van die slaapkwartiere nie. Vir Stephanie is dit duidelik dat die groter een van die twee, Anumander s'n moet wees.

Versigtig stap sy die vertrek binne. Kaarte van plekke in die Karoo lok haar nader. Sy kyk fronsend na aantekeninge in 'n vreemde skrif. "Wat op deeske aarde gaan hier aan? Hoekom het die Karoo so 'n aantrekkingskrag vir dié mense?"

Op die slaapbank lê een van die silwerkleurige eenstuk uniforms. Sy stap nader, neem die kledingstuk in haar hande, ruik daar aan. 'n Vreemde, maar verrassende aangename en manlike geur, kleef aan die materiaal. 'n Reuk wat sy met Anumander kan assosieer. Die netheid van die slaapvertrek, gaan ook nie haar oog verby nie.

Sy loer by die volgende deur in. "Definitief 'n badkamer, met bykans dieselfde toebehore as dié waaraan ek gewoond is, net baie meer gesofistikeerd." Langs die badkamer, is daar nog 'n vertrek. Vinnig loer sy in. Die vertrek blyk dat dit Yacub s'n moet wees, effe deurmekaar. 'n Paar

50

kledingstukke lê nonchalant oor 'n klein bankie, ander op die blinkerige langpool mat. Ook hiér tel sy 'n kledingstuk op, ruik daaraan. "Dié is 'n definitiewe Yacub-reuk. Manlik, tog effe sensueel." Stephanie giggel as sy aan Yacub dink. "Wonder wat sal hy kwytraak as hy sien ek ruik aan sy klere ..."

Voor 'n langwerpige paneelbord in 'n kort breë gang, 'n paar treë weg van die slaapkwartiere, gaan Stephanie staan. Verwonderd kyk sy na die flikkerende liggies. Alle kleure denkbaar skitter in patrone wat op en af beweeg. Figuurtjies onder elke liggie wat op die bord afgeëts is, laat haar vir 'n minuut of twee kopkrap. "Wat sou dié wees?"

Stephanie, los, jy weet wat gebeur as jou nuuskierigheid die oorhand begin kry? Moeilikheid! Jy beland in die kookwater. By wyse van spreke natuurlik, So, Stephanie, luister. Ek weet wat deur jou gedagtegang hardloop ... Los uit, Stephanie, kom weg voor daardie paneel. As jy iets druk, gaan jy dit sekerlik berou. Sê nou die ding vlieg weg met jou?

Weereens, soos vele kere in haar lewe, waarsku die stemmetjie. Máár, soos áltyd maar, is haar ore bottoe. Stephanie se onophoudelike nuuskierigheid, het haar al van kleins af in baie warm waters laat beland ...

Kleintyd is sy deur haar ma Tillie, gemaan, gewys wat reg en verkeerd is. Met liefde natuurlik. In haar tienerjare, is sy gestraf deur haar pa Eben. Ook met liefde. Maar Stephanie het 'n wil van haar eie, haar nuuskierige kant is ontembaar aktief.

Stephanie het nooit, maar nooit, in diep warm waters 'verdrink' nie. Sy is onder haar beskermengele

51

se vleuels ... in opdrag van Bo. So sou dit wees, so was dit nog áltyd, want Stephanie het in die Woord grootgeword. In die Woord gewandel. Dit was maar net altyd die nuuskierigheid wat niemand kon tem nie.

Male sonder tal het Tillie en Eben net kopgeskud vir Stephanie se nuuskierige self. Tillie, het vele kere gelag en gesê: "Ai, die kind darem. Ons Vader sit ook seker en glimlag vir die kind van Hom se manewales." Dan maar altyd die stukkende knieë en elmboë ontsmet en toegeplak met 'n pleister.

Vir 'n baie kort oomblik staan Stephanie en wonder oor die figuurtjies. "Wat sou hulle beteken?"

Dan, soos altyd maar, neem nuuskierigheid heeltemal oor. "Dié een?" Sonder om twee maal aan die gevolge te dink, druk sy op die liggie, met die afetsing van 'n figuurtjie wat kompleet lyk of hy dans ...

Of so het Stephanie gedink. Die oomblik toe haar regterhand se wysvinger die liggie raak, is daar soortvan 'n rilling, óf 'n trilling ... Nee, niemand weet wat nie. Op daardie oomblik het Stephanie ook nie geweet nie. Sy sou binnekort uitvind ...

Die ruimteskip kry onmiddellik lewe. 'n Sagte egalige dreuning kom uit die tuig se ingewande. Oral op die paneelbord, asook teen die dak, flikker daar ligte.

Vir 'n leek, wat niks van ruimtetuie weet nie, is dit selfs vir Stephanie duidelik dat dié tuig besig is om op te warm. Net soos Lot se vrou van ouds, is Stephanie nou stokstyf en bleek van skrik. Haar asem kom hortend by haar mond uit. Al woorde wat sy kan uitkry is: "Helpppp! Iemand, help net!"

Min het sy geweet dat Yacub die tuig reggemaak het, toe hy en ou Velskoen vroeg die oggend uit was. Dit is nou net die pofgif wat hulle weerhou om terug te keer Dagobah toe.

"Dankie, Yacub, ou Velskoen. Hy lyk sommer beter na die ysbad. Lyk of die gifkoors-ding effe bedaar. Help net dat ons hom weer in die bed kry. Velskoen, jy moet nog van daardie bossie-brousel brou, dit het vir Anumander amper dwarsdeur die gifslang se aanslag."

Sofie, sowel as ou Velskoen skok in hul spore tot stilstand wanneer 'n alarm aan Yacub se silwerblink belt begin piep, met 'n piep wat 'n oordrom se vyand kan wees.

"Yacub, en as jy nou só lyk? Maak stil daardie gedoente! A, nee, a! My ore sal permanent geskaad wees. Hoekom blêr die ding so?"

"Iemand is in die tuig, juffrou Sofie!"

Drie mense praat tegelyk. Met een stem skreeu hulle dit letterlik uit: "S-T-E-F-A-N-I-EEEEE!"

"As dit daardie mooie meisiekind is, slaan ek haar sterre vandag aan die brand. Wat sal haar besiel? Nou-nou vlieg die ding met haar weg ...

"Yacub, hardloop ou seun, ek sal hier by die kapteintjie bly. Keer net die kind! Wat sal ek vir Tillie en Eben sê? Dat die kind met 'n ruimtemasjien die ruimte in is? Behoede my!"

Gelukkig vir Stephanie, is daar iemand soos Yacub. Die man is 'n super atleet op Dagobah. Omdat die Aarde en Dagobah dieselfde atmosfeer het, draf Yacub baie gemaklik.

Ou Velskoen het egter gedink dat dit vinniger sou wees met die Land Rover. Skeef-skeef het hy ager die stuurwiel ingeskuif, die ou voertuig aangeskakel. Vir Yacub beduie hy moet spring.

Yacub het egter duidelik ou Velskoen se bestuursvernuf betwyfel. Hy het hom net een kyk gegee, toe net beduie dat hy moet ry. Hy sal hardloop.

Ou Velskoen daarenteen was so effe in sy eer gekrenk. Hy het ook net beduie, en met 'n stadige ruk voortgery na waar die karoobossies blougroen staan.

Terwyl Yacub die tuig nader, amper nog so twintig treë, hoor hy hoe Stephanie om hulp roep. Dit is nou nie dat Yacub hom verlustig in haar pogings om hulp te kry nie, dit is net ... hy wil haar ook bietjie terug kry.

Etlike minute ná die deur weer oopgeskuif het, strompel Stephanie histeries die amper twintig trappe af na veiligheid, tot op Moeder Aarde. 'n Standvastige plek waar mens kan vastrap, sonder dat dinge onder jou begin beweeg.

"Yacub, magtig jong, hoekom laat jy my so lank sukkel om uit die gevaarte te kom? Hy was net op die punt om op te styg ..."

Yacub begin lag. Knyp sy oë eintlik toe. "Stadig, Stephanie ... Ek mag jou mos op jou voornaam noem? Die tuig kan nie net opstyg en wegvlieg nie. Kom, bedaar nou, jy is nou veilig. Anumander lyk ook effe beter na sy ysbad, kom ons gaan terug." Met die woorde draai Yacub na die tuig, druk knoppies op sy silwer belt. Stadig kom die motors van die tuig tot stilstand, ook die deur skuif toe. "So, ja, nou kan niemand sommer net instap nie. "

"Jy is vir seker nie snaaks nie, Yacub! Dit was een verskriklike ondervinding, daar so alleen in die onbekende." Stephan klap haar tong, neem Ounooi se teuels, stap dan weg met haar kenmerkende wipstert stappie, los 'n verbaasde Yacub agter.

Hoofstuk 5

Twee weke later ...

In die groot ou kliphuis, kyk Sofie met blydskap in haar oë na Anumander. "So, ja, jou gifslang! Volgende keer pik jy jouself ... Jy bly weg van mense met jou lelike giftande. Ek wat Sofie is, sien wanneer jy verloor het."

Versigtig voel sy aan Anumander se voorkop. "Janee. Die gifsels is besig om uit te trek. Halleluja, prys onse Vader. Anumander? Boetie, hoor jy vir Sofie?"

Met dié, kom Stephanie die kamer binne. "Sofie, hoe lyk dit? Word hy beter?"

"Dit lyk goed, kind. Kom sê nou eers vir Sofie, want ek het nog nooit kans gehad om jou te vra nie, met dié dat die kaptein Krolin so siek is... Wat het jou besiel om in daardie vreemde gedoente te klim? Wat dink jy, waar moes ek jou loop soek daar tussen sterre en planete? Stephanie-kind, jy is verskriklik onverantwoordelik. Ek is lus en klits jou sterre warm ... Máár, so baai de way, sê gou vir Sofie, hoe lyk die gedoente binne?"

"Nou hoe het ek dit met jou? Eers wil jy my sterre blou slaan, nou wil jy weet hoe lyk die ruimtetuig binne."

Nog voor Sofie kan antwoord, is daar 'n gemaakte kuggie van die bed se kant af. Sofie sowel as Stephanie, bestorm die bed tegelyk, kyk met ongeloof na Anumander.

Stephanie kry eerste haar asem van verbasing terug. "Kaptein Krolin, welkom terug ..."

Stephanie het nog nie alles gesê wat sy wou sê nie, toe Sofie haar vinnig in die rede val. "Genade tog, Boetie, jy het ons darem laat skrik. Wat besiel jou om in pofadder-wêreld te loop sonder beskerming? Het julle dan nie slange op Dagobah nie? Seer sekerlik nie! Anders sou jy versigtiger gewees het." Sofie kyk met groot oë, maar vol bewondering na Anumander.

"En, nog 'n ding, Anumander Krolin, hoekom maak jy die pofadders van die Karoo so kwaad dat hulle jou vir dood agterlaat en laat spaander? Boetie, weet jy dat jy amper bokveld toe was?" Sofie teug vir asem. Droog die waslap uit wat in yswater lê. Met deernis kyk sy na die lang donkerkopman onder die wit lakens. Met 'n sug vee sy oor Anumander se voorkop.

"Nee, magtig! Hoekom voel jy nou weer warmer as 'n minuut gelede, Anumander Krolin? Vir wat glimlag jy soos 'n meerkat wat nou net die ou koekoek se eier onder haar uit gesteel het?"

"Met julle twee mooi dames hiér, sál ek verseker 'n koors opbou, juffrou Sofie ..."

"Mens, jy ken dan my naam! Sowaar as parra manel dra..." Sofie slaan haar hand oor haar mond.

Anumander glimlag. 'n Glimlag wat die siekekamer sommer vol sonskyn maak. "Ek het so tussendeur die gif se koors gehoor Yacub noem jou juffrou Sofie.

"So van Yacub gepraat, waar is hy?" Anumander kyk in die kamer rond. Sy oë kom op Stephanie tot stilstand. "Juffrou Stephanie, staan nader. Jou skoonheid slaan my asem weg."

Sofie sien hoe 'n rooi gloed oor Stephanie se nek uitslaan. Haar mooi gesiggie nou rooier as die ou kalkoenmannetjie se lelle. "Stephanie-kind, gaan roep ou Velskoen nou dadelik, hy en Yacub moet kom help. Dit lyk of die gifkoors nou eers vlamvat ... Lê stil, Anumander Krolin! Jy is nog ver van gesond af." Sofie klik haar tong. Haar oog vang vir Stephanie waar sy letterlik versteen staan. 'n Tweede keer in een oggend.

"Stephanie-kind, die kaptein praat met jou."

"Wat? Uhm ..." Stephanie stotter, val oor haar woorde, kyk na Sofie en Anumander. Dan, sonder enige woord verder, storm sy by die kamer uit.

In Ounooi se stal, sak sy op die hooi neer. "Stephanie le Roux, grote griet, nou het jy 'n totale krater van jouself gemaak. Ek gaan nooit weer my gesig in daardie kamer wys nie. Anumander Krolin dink seker nou ek is 'n regte bakvissie."

Ounooi skuur haar kop teen Stephanie, kompleet of sy wil sê: Toemaar, toemaar, dit is nie só erg nie, Stephanie. Weldra sal die prentjie meer helderheid kry ...

Vir lank, bykans 'n uur, worstel Stephanie met haar eie gedagtes. In Ounooi se stal met die reuk van perd en vars hooi, kom sy met 'n skok tot die besef ... Sy wat Stephanie is, is tot oor haar ore toe verlief op Anumander Krolin. Die aantreklike man van 'n ander wêreld, 'n ander sterrestelsel, wat duisende der duisende kilometers van Moeder Aarde af is.

Is dié gevoel wat sy in haar hart voel groei, geoorloof? Kan 'n aardling op 'n man van 'n ander wêreld, anderkant die Melkweg, saam 'n lewe maak? Sou sý kon leef op Dagobah? Sou Anumander kon leef op die Aarde?

Stephanie het op daardie oomblik nie antwoorde vir al die vrae nie ... Die vrae versamel teen 'n geweldige spoed in haar honger hart. Haar brein kan dit óók nie verwerk nie, dié steek vas. Alle denkrigtings nou geblok ...

Net die wete dat sy lief het, onvoorwaardelik lief het, is vir Stephanie al klaar gróót, baie gróót. Vir die eerste keer in haar bestaan as mens, betower hierdie wonderlike gedagtes haar totaal. Met haar kop op haar knieë, staar sy die niet in. 'n Sug val ver tussen blougroen karoobossies. Daar waar gekko's sit en oogknip, pootjies lig vir die skroeiend-warm Karoo sandgrond.

Stephanie is senuagtig oor die wonderlike ding wat haar so onverwags, sonder uitnodiging, getref het. Dié gedagte laat haar kortasem. Haar denke draai nou om Anumander Krolin. Die mooi donkerkopman van Dagobah. Met oë blouer as die Karoo se uitspansel op 'n koue winteroggend.

Meteens trek sy haar asem skerp in: Hoe kan hý wat so 'n ongelooflik aantreklike en intelligente man is, én boonop van 'n baie ver planeet kom, mý, 'n plaasmeisietjie van die Moordenaarskaroo raaksien? Bêre jou gedagtes, Stephanie, dit gaan nooit in der ewigheid gebeur nie ... Sy gryp 'n hand vol strooi, gooi dit oor haar kop. "Só, Stephanie le Roux, sien hy jou ... 'n Kind met strooi op haar kop. 'n Bog, 'n aardling, 'n nar. Ounooi, wat gaan ek doen?!"

'n Paar weke, om presies te wees, drie, 'duck en dive' die huismense van Sandvlakte. Die gifslang se gifgoed worstel wéér met Anumander. Hy sê behoorlik les op. Op en af, die kant toe, daai kant toe.

Sy liggaam skreeu ten hemele. Liters van die karoobossie-brousel is by Anumander se keelgat af. Help die brousel? Ja, verseker help dit ... Soveel so, dat Anumander begin regop sit teen die kussings, net om die volgende dag weer plat teen die lakens te wees.

Só is dit maar met 'n pofadder se gif-dinge. Eendag op, die anderdag af. Die bytplek herstel mooi, so ook die vlees rondom. Maar die gif-dinge maak Anumander lusteloos, ook rusteloos. Drome en drogbeelde teister hom in sy slaap.

Sofie en ou Velskoen probeer elke triek in die boek. Yacub, loop soos 'n vasgekeerde dier, op en af. Hy weet wat moet gebeur, maar hy weet ook dat Anumander nie nou geskuif kan word nie. Hy kan ook nie in dié stadium kontak maak met Dagobah nie ... Hy mag nie. Dit is nie veilig nie. Eers wanneer hulle 'n sekere afstand van die Aarde af is, en geen sein van die ruimtetuig opgetel kan word nie, dán eers kan daar kontak gemaak word met Dagobah.

Laatmiddag stap hy af na die stalle se kant toe. Yacub is depressief. In hierdie toestand, kyk hy nie waar hy loop nie. Hy loop hom trompop vas in Stephanie. Dié loop ook koponderstebo. Nie een van die twee het hierdie hewige botsing voorsien nie. Die paar weglê-eiers van die New Hampshires, vlieg letterlik uit die gevlegte biesiemandjie.

Eiers het maar die geneigdheid om soos missiele teen die naaste voorwerp te bots, natuurlik met katastrofiese gevolge. Yacub koes, maar sekondes té laat ... 'n Paar eier-missiele, tref hom vol in die gesig.

"Maggies, Stephanie! Sies man! Kyk waar jy loop!" Met 'n vies uitdrukking op sy aantreklike gesig, vee hy die glibberige eier-oorblyfsels en stukke dop van sy voorkop en gesig af.

"Nee, Yacub, kyk jý waar jý loop!" 'n Paar sekondes is daar 'n doodse stilte tussen hulle. Dan bars altwee uit van die lag ...

"Jou gesig is vol eier, Yacub."

"Jou gesig is baie mooi, Stephanie. Lag pas jou uitstekend. Jou wange is blosend, jou oë vonkel."

"Yacub, waar kom jy nou aan dié nonsens?"

"Dit is nie nonsens nie. Dit is die waarheid. Jy is beeldskoon, Stephanie, enige man se droom. Ook myne. Ek het ... " Voor hy sy sin kan voltooi, sien hy hoe sy terugtree in haar spore.

Yacub weet dat hy hom nou op verbode grond bevind. Hy kan sy tong afbyt, want woorde het partymaal die manier om heeltemal verkeerd, én op die mees ongeleë tyd uit te kom.

Hy sien hoe die blou oë vergroot van skok. Sy hart krimp ineen, want hy weet dat hy nóóit die mooi aardling se liefde kan of sal besit nie. Haar hart behoort aan iemand anders.

Hy wat Yacub is, het 'n vae idee wie dit kan wees. Vir 'n paar keer het hy die 'kyk' gesien, die 'kyk' herken. Dié gevoelvolle kyk kan net gekyk word wanneer daar 'n diep gevoel in die hart is. Stephanie het daardie kyk in haar oë wanneer sy naby aan Anumander is.

"Ek het die rondte verloor." Sy siels-fluistering bereik net sy eie ore ... "Stephanie, luister net wat ek wil sê ..."

"Nee, Yacub, ek wil niks hoor óf weet nie, ek het té veel respek vir jou." Met dié woorde draai sy stil om, klap haar vingers vir Kolle, stap dan huis se kant toe.

Ná daardie middag, is daar 'n stilte tussen Stephanie en Yacub. Nie 'n swaar, bedompige stilte nie, net maar 'n stilte. Maar dié stilte gaan nie ongesiens by Sofie verby nie. Haar oë bly waaksamig gerig op die drie mense.

Drie, die ongelyke getal. Waar een, net nie inpas nie. Die gesegde: "Two, is a pair, three is a crowd" sê baie. Die alewige drie, wat 'n liefdesdriehoek kán meebring. Sofie weet watse verskriklike hartseer dit kan bring, óf onmin. Dít wil sy ten alle tye verhoed. Stephanie se jongmeisiehart gaan seerkry. Sulke seer kan diep in die hart inkeep. Letsels laat.

'n Skuheid kom in Stephanie na vore. Sy vermy vir Yacub, maar ook vir Anumander. Om haarself teen haar liefde vir Anumander te beskerm, kruip sy baie diep in haar mensdop weg. Sy raak bleek, rusteloos en sonder fit. Donker kringe lê in halfmane onder die blou oë. Dít is wat gebeur, wanneer die liefde mens probeer verteer.

Sofie sien al hierdie veranderinge, haar hart ween vir die mooie kind. Maar sy weet óók, dat die liefde sy eie pad moet loop. Die liefde, kan jy nie in 'n rigting dwing nie. Dit is net maar 'n Dormerskaap of 'n Jerseybul, wat jy so kan hanteer. Keer ... dan in 'n rigting dwing. Ás, hulle natuurlik wil. 'n Dormerskaap het 'n eie wil, nogal besonders vir 'n skaap. 'n Jerseybul daarenteen, is hardkoppig, soek moeilikheid net waar dit te vinde is, of nie te vinde is nie. Ook bekend vir hulle beneukte geaardheid.

Die liefde is 'n ander soort van 'n ding. Hy loop sy eie paaie. Baie steiltes en afdraandes, ook gelyk paaie en kronkels. Berg op en berg af.

Miskien sal Tillie en Eben raat weet. Maar dié twee sit in Australië, duisende kilometers weg ... Ook by Sofie is daar 'n sug wat vêr val.

Teen die aand se kant, is daar 'n klop aan die voordeur. "Kyk wie dit is, Stephanie-kind. Ek is net gou besig hier in die kamer by Anumander ..."

By die gedagte dat Kolle nie blaf nie, is Stephanie baie seker dat dit iemand bekend is. Vinnig vee sy 'n paar blonde slierte uit haar gesig, loer vlugtig in die spieël bokant die sideboard. Stryk 'n paar denkbeeldige kreukels uit haar ligpienk toppie.

Sy deins effe verskrik terug by haar aanskoue op ou Piet Maarskalk van Spioenasiekop. Dié leun teen een van die klippilare wat die stoep se sinkdak bo hou.

"Naand, oom Piet. Moenie vir my sê die Dormers het alweer draad getrap nie. Ek het reggemaak, oom Piet, stroes Bob, njannes kopêla! Net gister wéér inspeksie gaan hou. Elke draad geïnspekteer ..."

"Nee, mooie meisie-kind. Die koedoes is stil, hulle vreet seker hulle pense vol aan ou Matthys Groesbeeck se jong klawer. Só, die draad bly heel, en julle Dormers bly uit my heilige lusernland.

"Ek kom hoor net van die blink ding, daar doer teen die kampdraad, by die koppe se kant. Ek het nou wraggies geen begrip nie. Toe dog ek, ek kom vra maar persoonlik."

Stephanie voel hoe 'n beklemming oor haar kom. "Wragtig nie gedink ou Piet sal die tuig gewaar nie. Wat 'n fiasko!"

"Hoe sê? Sê wéér, Stephanie. Van daardie wetter van 'n Jerseybul my gestamp het, jy weet mos ... Tot dáár by ou Daantjie se kallerhok, is my een oor effe steeks. Hy hoor sleg. Sleg seg ek jou." Ter bewyse, vryf ou Piet die oor bloedrooi.

"Nee, oom Piet, ek sê net voertsek vir Kolle. Dié lig mos sy been net wanneer en waar hy 'n lus opdoen. Oom Piet kan maar rustig wees, dit is nog van die mynmense se blikkerasies. Hulle het vanoggend laat weet hulle kom môre die laaste goed haal."

"Dan is dit goed so. Tot weersiens, mooie kind. Wanneer kom Tillie en Eben terug?"

"Eersdaags, oom Piet, eersdaags is hulle terug op Sandvlakte. Sal hulle sê oom stuur groete."

Stephanie druk verlig die voordeur agter haar toe. Sê nou net ou Piet Maarskalk het self gaan ondersoek instel? Hoe op dees aarde verduidelik mens nou aan die ou knol dat dit 'n ruimtetuig is. Die woord 'knol' laat Stephanie hardop lag.

"En nou, kind, as jy so vrolik lag?" Sofie voel 'n blygeit in haar. Die kind lag weer ...

"Sofie, dit was ou Piet Maarskalk, jy weet mos, daar van die plaas Spioenasiekop. Hy het die tuig gewaar."

"Snuffel hy nou wragtig op Sandvlakte rond? Die blerrie ou hings. Kom ons gaan praat met Anumander, Yacub is ook daar by hom ..."

"Sofie, gaan praat jý maar die prate wat te prate is. Ek gaan vir Ounooi roskam."

"Stephanie, nou los jy hierdie snaaksighede van jou. Ek weet nie wat is aan die gang nie, maar Sofie kán sien. Jy loop wye draaie om Anumander. Jy vermy Yacub asof die man een of ander luis-geïnfekteerde toestand het ... Wat is aan die gang?"

"Niks is aan die gang nie, Sofie, ek voel net nie lus vir daardie twee nie."

"Stephanie, ek praat nie wéér nie! Kom ..."

Altwee mans sit voor die vrykamer se venster op twee gemakstoele, druk in gesprek toe Sofie en Stephanie inkom. Verras kyk Anumander om. 'n Sagte lig weerkaats in sy blou oë wanneer hy vir Stephanie gewaar. Dié staan aspris sku, hande agter haar rug saamgevat, twee treë die kamer in.

"Wat is fout, Sofie? Die kommer sit openlik in jou oë. Iets waarmee ek en Yacub kan help?"

"Ja, Anumander, daar is. Ou Piet Maarskalk, van Spioenasiekop, dit is die plaas langs Sandvlakte. Ewenwel, julle twee sal iets moet doen."

Lank word daar beraadslaag rondom die tuig aan die voet van die koppe. "As ou Piet Maarskalk die tuig kon sien, kan die ander boere ook. Party van die boere het helikopters, die Karoo is groot. Ons sal 'n plan moet sien. Julle twee sal weet wat om te doen.

"En, Anumander, wegvlieg is nie 'n opsie nie ... Jy is nog nie gesond nie. Jou konstitusie is nog te deurmekaar, en broos." Sofie maak asem bymekaar. Ou gewoonte om alles wat te sê is, in een sin af te rammel sonder om op te kom vir asem.

"My wat? Stephanie, help bietjie. Dit is een snaakse woord. Ons het hom nog nie gehoor nie. Yacub?"

Stephanie is nou in 'n hoek. Sy weet sy moet nou iets sê... Maar nou is sy skielik met stomheid geslaan. Die eerste woorde wat tot haar kom, bring 'n glinstering in Anumander se oë. "Is jy seker dit wat jy nou sê, beteken 'konstitusie'?"

"Ja, Anumander, wat anders kan dit nou beteken? Is mos wanneer jou hart en maag nie in lyn is met gebeure nie."

Onsekerheid kou nou 'n kou. Wat de duiwel het ek nou gesê? 'n Klomp onsinnige gebrabbel, 'n mond vol onsinnigheid. Hoekom praat jy simpel goed, Stephanie? Want... Die man ontsenu my heeltemal. Stephanie skud haar kop. Draai in haar spore om.

Sonder om om te kyk, waar drie verbaasde mense staan, loop sy vinnig gang af.

Oor haar skouer, los sy net 'n paar woorde: "Sofie, kry julle maar 'n oplossing vir die ruimtetuig, ek gaan nou ..."

Sofie wik en weeg vir 'n oomblik om agter Stephanie aan te loop. Dié kind weet sy, is nou heeltemal uit haar vaarwater. "Los, Sofie, ek sal met haar gaan praat." Met dié woorde wat sag en gevoelvol by Anumander se mond uitkom, stap hy stadig, met pynlike treë agter Stephanie aan.

"Los hom, Sofie, dit het tyd geword dat daardie twee praat. Kom, bietjie koffie en van jou beskuit sal nou goed afgaan."

Hand om die lyf, stap Yacub en Sofie kombuis toe.

"Dit is hoogtyd, Yacub, maar tóg sien ek seer in jou oë."

"Mens raak mos maar aan alles gewoond, Sofie. Anumander is 'n baie gelukkige man. Stephanie is 'n juweel."

By Kolle se hondehuisie, haal Anumander vir Stephanie in. "Stadig, Stephanie, ek hou nie by nie. Die bytplek se omgewing is nog baie sensitief, my hart en maag werk ook nog nie saam nie, jy weet mos daardie konstitusie gedoente waarvan jy praat ..." Anumander probeer om die lag uit sy woorde te hou.

"Dít is hoekom jy in jou kamer moes bly, en nié agter my aan moet loop nie, Anumander Krolin."

Stephanie loop effe stadiger, maar die skoorvoet is nog steeds daar. "Ek het nie die hele dag tyd nie, is daar iets spesifiek wat jy wil sê?"

"Daar is ... Kom ons gaan sit op een van die bale hooi, dan kan Ounooi getuie speel."

"Anumander, praat as jy wil praat. Getuie vir wat nou nogal?"

"Gee net eers jou hand vir my, dan help jy my net sodat ek my sit kan kry. Die bale is is effe wankelrig."

Anumander neem haar hand stewig in syne. 'n Sensasie, gelykstaande aan honderde volts elektriese skokke, trek deur haar hand, op met haar arm ... Vóór Stephanie tot verhaal kan kom, trek hy haar vas teen hom.

"Los my! Anumander, los nou!" Stephanie beur weg van hom af.

Dít maak hom net meer vasberade. "Stephanie, stadig. Bedaar net, ek gaan jou beslis nie seermaak nie."

Sy voel hoe 'n floute haar wil oorval toe Anumander sag met sy lippe oor haar voorkop streel. "Anu..."Net 'n stukkie van sy naam is 'n fluistering teen sy bors. Met sy wysvinger onder haar ken, lig hy haar kop op, kyk diep in haar blou oë.

"Stephanie, Stephanie... My dierbare, mooiste mensie. Hoe sal ek dit ooit verstaan? Ek moes na jou Aarde toe kom, jou in die Moordenaarskaroo kom vind ... Hoor jy wat ek sê, Stephanie?"

Sy voel hoe haar hart vlerke kry, haar laat opstyg tot by die reënboog. "Ek hoor, Anumander. Wat beteken dit?" Vir 'n oomblik nestel sy haar onder sy ken in. Sy voel sy verhoogde hartklop. Haar eie klop in haar kuiltjie.

Vir 'n leeftyd, of só voel dit vir Stephanie, staan sy en Anumander vir 'n baie kort rukkie bymekaar.

Teenmekaar. 'n Salige gevoel. Vir die beste wil ter wêreld, kan sy haar eenvoudig nie wegskeur van hom nie. Sy voel met groot genoeë hoe hy haar stywer teen hom vasdruk.

"Stephanie, ek gaan jou nóóit ooit weer laat gaan nie, nié noudat ek jou gevind het nie."

Stephanie tree twee treë agteruit, hou haar kop skuins. Altyd maar doen sy dit as iets vir haar onduidelik is. "Anumander, hoe weet jy? Hoe kan ek jou glo?" Twee blink trane breek oor die blou oë se walle, loop in blink spoortjies oor die effe bleek wange.

"Voel jy nie die spesiale liefde tussen ons nie, Stephanie?"

"Ek voel dit, Anumander. Maar hoe kan dit? Jou wêreld is tussen die sterre, anderkant die blinkpad van die Melkweg. My wêreld is in die Moordenaarskaroo. Die mooiste stuk aarde tussen karoobossies, Dormerskape, Kolle en Ounooi. Om nie eers te praat van Sofie nie." Stephanie se oë rek koeëlrond. "My ma en pa! Anumander, wat van hulle? Gaan hulle die ongewone mooi liefde tussen ons goedkeur?"

"Ons sal dit deursien, my meisiekind. Waar die liefde opreg is, kan dit berge en wêrelde versit ... Help my op, dan gaan sit ons op die baal neffens Ounooi se staldeur."

Ná daardie gesprek tussen Stephanie en Anumander, kom maak die son hom ewe tuis in die ou huis op Sandvlakte. Nié dat die huis 'n donkerte het nie ... Nee, daar is altyd lig. Lieflike Karoo-lig. Die son het maar net altyd agter die dig toegetrekte gordyne weggekruip.

Alleenlik op 'n Vrydag, wanneer daar ge-spit en ge-polish word, is die fluweelgordyne oopgetrek, uitgeslaan sodat jy net stofbolle sien waai. Dit is dan wanneer die son sy strale laat inkom.

Dit is mos maar algemene kennis onder die Karoo se mense, dat die wye vlaktes, met sy vaalgroen bossies, uiters vaardig is om stof bymekaar te maak. Maar, nou is die ou huis se gordyne permanent oop. Die inwoners, lig in die hart. Hulle vrolike self. Lag en skerts is nou deel van Sandvlakte.

Hoofstuk 6

Drie dae die nuwe week in, leun Sofie een middag teen die wasbak aan terwyl sy middagete se skottelgoed was. Deur die venster, wat die oneindigheid van die Karoo tot in die kombuis bring, gewaar sy Stephanie en Anumander. Dié loop hand aan hand in die rigting van die Dormerkraal. 'n Glimlag ontplooi om haar mondhoeke. "Ja, my liefling-kind, ou Sofie sien. Ou Sofie weet. Jou hart het gevind, om nooit ooit weer te laat los nie. 'n Mooi liefde so uit 'n storieboek."

Met haar hande se palms teenmekaar, haar oë opgehef na bo, bid Sofie sag, maar intens: "Vader, seën dié liefde tussen die twee mooi kinders, want Vader, ek sien hartseer kom. Hartseer wanneer Anumander weer na sy eie wêreld en mense tussen die sterre en planete moet terugkeer. Én, Vader, kyk ook asseblief na Yacub. Die man se hart pyn...

"En nóg 'n versoek, Vader, kyk mooi na U-self óók, want as U iets moet oorkom, is dit tiekets met ons. Amen."

Baie vroeg die volgende dag, met die Karoo se son wat met 'n bloedrooi kop bo die rante uitloer so tussen deur flenterwolke, wat dalk met groot geluk en gróót geloof 'n bietjie reën oor die dorre Karoo kan bring, lui die plaastelefoon sy bekende twee kortes en een lang lui. Sandvlakte se lui ...

Stephanie, wat nou skielik 'n slaapprobleem ontwikkel het as gevolg van die liefde wat nou net op koue water lewe en geen benul het van tyd nie, gee een lang gaap. Strompel vakerig na die foon wat langs haar kamerdeur in die gang teen die muur gemonteer is. Sy lig die gehoorstuk van die mikkie af ... "Hallo, goeiemôre, Sandvlakte. Stephanie wat praat." Selfs vir haar, klink haar stem maar droefgeestig in haar ore.

"Stephanie-kind! Dokter daai keel van jou, jy klink siek. Onthou, daai vreemde virus gedoente ... jy weet mos, daai ene van daardie China-neese af. Hulle seg mos nou, hoor ek oor die draadloos, die ding is uit sy eie beheer uit. Stephanie, gaan kry nou dadelik vir jou Borstol en Haarlemensis! Drink dit, kind ... Virusse sal skrik en die pad vat vir daardie ongedurige smake."

Vir 'n paar sekondes is die plaaslyn krakerig. Stehanie! Kind, is jy nog daar? Goeiste, wat gaan weer vandag in die ou Moordenaarskaroo aan?"

Sussie Arense, telefoniste by die sentrale op die dorp, druk die klappie van die sentrale-bord verder af, wikkel die pennetjie dieper in. "Hier is 'n oproep uit daardie ver plek waar jou ouers kuier. Praat maar hard jong ... Jy weet mos dis ver, anderkant die wêreld ... Nóg 'n bietjie verder, met dié dat die Moordenaarskaroo, te hel en gone is.

"Tillie, mens, jy kan maar praat. Julle twee is ge-konnek ... Stephanie, praat. Dis jou ma."

Stephanie voel hoe sweetdruppels deur haar hare begin loop, kriewel soos 'n klomp rooimiere op haar kopvel. "Hallo, Ma, dit is nou 'n groot verrassing!" Verder kom sy nie. "Gee hier, kind, laat Sofie nou maar weer redder speel." Sy wys Stephanie moet loop. Dié sug van verligting. Vlug letterlik soos 'n vlakhaas weg na haar kamer.

"Tillie, mens, is julle nog in Austria? Tyd vir terugkom, jong. Hoe is Eben? Pes hy nog die plek?"

"Sofie, dit is Australia, nie Austria nie ... Ons is op pad, dit is hoekom ek bel. Ek sal weer bel sodra ons land in Suid-Afrika. 'Bye for now', oproepe kos 'n fortuin. Sê groete vir Stephanie-kind."

In stadige aksie, en met groot kommer in haar hart, plaas Sofie die gehoorstuk terug op die mikkie en stap na Stephanie se kamer. "Nou, ja, soos hulle mos op die Tee-vee sê: Laat die 'games begin'.

"Stephanie-kind, trek vir jou klere aan, roep dan vir Anumander. Ons, dit is nou ek, jy en Anumander, móét hieroor praat. Stephanie, my dierbare kind, ons sal móét praat. 'n Plan sien vir ... Ek gooi solank koffie in. Toe, roer vir vir jou. Gaan roep vir Anumander."

Die praat het soos Sofie voorspel het, nie goed geëindig nie. Anumander, uiters beswaard, het pad gevat na die ruimtetuig se kant toe. In Stephanie se blou oë is daar gletsers ys. "Sofie, ma'le, sal net móét verstaan. Ek en Anumander het mekaar onvoorwaardelik lief. Nie ek, of hy, het hiervoor gevra nie. Jy weet tog self, die liefde kom soos 'n groot maagseer in die nag. Een oomblik is jy nie bewus van liefde nie, die volgende oomblik, behoort jou hart aan iemand."

"Ek weet, Stephanie-kind, ek weet. Tóg móét julle jou ouers in ag neem. Kind, stel jou in hulle skoene ... Hulle gaan hulle op stres. Hulle gaan dink dat hulle jou nooit weer gaan sien nie. Dagobah is ver, my kind, dit is nie net anderkant die bult nie."

Vir 'n oomblik is daar 'n suisende stilte. 'n Berg kom lê tussen hulle. Sofie weet, sý sal moet wal gooi, anders kan dié berg 'n onding raak.

Met haar arm om Stephanie se skouers, loop hulle sitkamer toe. Sofie voel die stramheid in die jong skouers. "Het jy al met Anumander gepraat oor sý ouers? Wat weet jy werklik van hom af? Van sy kultuur, sy familie? Stephanie, my lam, jy weet ek keur julle verhouding goed, maar Tillie en Eben se waardes trek nie verby tot anderkant die Melkweg nie. Hulle waardes is hiér, tussen hulle mense, hulle geliefdes.

"Dink jy nie dit sal beter wees as Anumander en Yacub eers teruggaan na hulle tuiste tussen die sterre nie? Jou kans gee om die ding mooi aan jou ouers te verduidelik? Daardie ruimtetuig van hulle is mos vinnig. In 'two ticks', is Anumander terug. Ek is reg, my kind. Dink daaraan.

"Ek het flussies gesien hy stap koponderstebo, in die rigting van die tuig. Gaan na hom toe, my dierbare kind, gaan sê vir hom. Doen die regte ding. Jy weet tog jou ouers moet hulle 'blessing' gee, anders sal daar altyd maar 'n ongelukkigheid wees. En dit wil julle mos nie hê nie, of hoe?"

Sonder 'n woord verder, stap Stephanie buiten toe, fluit vir Kolle. Haar blonde poniestert, hang net. Presies soos 'n hond wat raas gekry het. Stert tussen die bene. Die wip is met al die swaarmoedigheid weg. Tóg is daar 'n effe van 'n trekkie om die mooi mond se hoeke. "Dalk is Sofie reg, ek hoop Anumander is in die tuig, en nie in die vlaktes nie."

Met 'n hart wat ligter is, stap sy al met die lyndraad langs, tot op die hoogte waar sy 'n goeie uitsig op die ruimtetuig het. Vir 'n paar tellings staan Stephanie doodstil, tuur met 'n presiesheid. Sy weet sy moet fyn kyk vir die tuig, wat nou saamsmelt mer die kleur van die omgewing. Anumander en Yacub se doen en late met die tegnologie van Dagobah. 'n Soort net is oor die tuig getrek, amper soos die weermag se "camouflage", het Sofie nog gesê. Dié net is net meer gesofistikeerd. Dit maak die tuig heeltemal onsigbaar.

Nou kan ou Piet Maarschalk maar sy oog gooi. Hy sal nimmer as te nooit die blinkigheid naby Spioenasiekop en Sandvlakte se koppe raaksien nie, ook nie die omliggende boere nie. Net as jy weet waar om te kyk, sal jy die effense kreukel raaksien waar die net se voue lê

'n Paar treë van die trap af, gaan staan sy vir 'n paar oomblikke stil. 'n Snaarinstrument bring pragtige klanke na haar ore, maar dit is die stem, in 'n volksvreemde taal, wat haar hartsnare roer.

Tree vir tree loop Stephanie op met die trappe, verby die kontrolepaneel. 'n Paar treë die kort gang in, kom die klanke van die snaarinstrument sterker tot haar oor. Verby Yacub se kajuit, asook die

badkamergeriewe, gaan staan sy 'n oomblik doodstil
...

Saggies beweeg Stephanie tot in Anumander se kajuit. Die langhaar vloerbedekking demp haar voetstappe. Aan sy gesigsuitdrukking kan sy sien dat hy baie ver in sy gedagtes is.

Sy voel hoe haar hart onstuimig begin bokspring. "Anumander ..." Fluisterend rol sy naam oor haar lippe.

Die blydskap op sy gesig spreek boekdele. Soveel so, dat Stephanie voel hoe haar hele lyf begin tintel. "Stephanie, liefste Stephanie ... Ek het so gehoop dat jy agter my sou aankom. Kom sit hier langs my, dan vertel ek jou van my lewe. Jy weet, Sofie is reg, ons het nog nooit daaroor gepraat nie."

Die oggend maak plek vir die namiddag uur. Steeds is daar geen inmenging van Stephanie se kant nie. Stil soos 'n muis, luister sy na Anumander se lewensverhaal.

Sy vertelling strek oor 'n leeftyd van onthou. Sy grootwordjare. Sy ouers Al'lan en Jaznah. Sy enigste suster, Tasha-Yar. Die salige lewe op Dagobah.

Met 'n knop in die keel, en 'n stem wat hees word van emosie, kyk hy vir 'n oomblik by sy kajuit se patryspoort uit. Hy sien die laatmiddagson wat stadig in die weste sak. Heimwee kom vou sy tentakels oor sy brose hart.

Hy skuif nader aan Stephanie, rus sy kop op haar skouer. "Die dag met my dertiende verjaardag, het my lewe letterlik uitmekaargeval. Die skool was gesluit vir die wintervakansie. Ons, dit is nou my ma, my pa, ek en my suster, was op pad na ons vakansiebestemming. 'n Planeet, nie ver van Dagobah af nie, met die naam Mustafar. Ons almal het verskriklik uitgesien na die vakansie. Son en see. Nou nie julle soort son en see nie, maar tóg … 'n ongelooflike lekker vakansie. Naas Dagobah, is Mustafar ook 'n baie mooi planeet. Baie Dagobahners gaan daar vakansie hou.

"Sewe dae van totale ontspanning. Ongelukkig kon ons nie langer bly nie, my ouers kon net 'n week plus afkry by hul onderskeie werke. Pa Al'lan, was daardie tyd hoof van Gesondheidsdienste en ma Jaznah, hoof van Dagobah se universiteit. Ek was in gr 10 en my suster gr 12, in julle terme hier op die Aarde.

"Ons ruimtetuig was volspoed op pad, toe daar waarskuwings sirenes afgaan … Op daardie stadium was dit alreeds te laat. Die tuig was in die pad van 'n meteoriet storting. My pa kon die tuig met 'n groot gesukkel tot by Dagobah kry, maar hy was soos 'n voël met gebreekte vlerke. Die tuig het neergestort. Net ek het oorleef …

"Vir plus minus twee maande het dokters geveg vir my lewe. Ek het baie seergekry, nie net liggaamlik nie, my veggees was ook tot niet.

"Na ek ontslaan is, het ek by my ma se suster grootgeword. Dit was sielkundig harde tye. Ek kon nie na 'n graf gaan om my verdriet uit te huil nie. Daar was nie 'n graf om te besoek nie. My ouers het saam met die tuig tot as verbrand.

"My tannie het my gebring waar ek vandag is. My dankbaarheid teenoor haar ken geen perke nie. Ek het klaargemaak met skool, toe universiteit toe gegaan.

"Na ek gegradueer het, was die weermag volgende. Die opleiding was intensief, maar ek het dit geniet ... dit was so in my kraal. Binne vyf jaar, is ek bevorder tot kaptein."

Anumander skep vir 'n wyle asem, vee oor sy hare. "Nog nie moeg vir my storie nie, Steph?"

"Nooit gesien nie. Kan ek iets vra ..."

"Natuurlik, my liefling ..." Teer vryf hy oor die blonde hare. Druk haar styf teen hom vas.

"Was daar nooit iemand spesiaal nie? Soos, 'n meisie, 'n verloofde of dalk ..." Stephanie sit skielik regop, kyk Anumander diep in die oog. "Is jy getroud, Anumander?"

"Stephanie, my liefste, ek sou jou mos al gesê het. Nee, ek is nie getroud nie, liefste Stephanie. Die weermag slurp my tyd op, so ook die navorsing. Ek het jou mos vertel van die uitbreidings wat ons beoog. Dagobah en die Aarde vergelyk goed ...

"Wat het jou laat dink dat ek getroud is?"

"Niks..." Stefhanie se 'niks', kom fluisterend oor haar lippe. 'n Gevoel van tevredenheid stel groot hoeveelhede van die goed-voel hormoon vry.

Aanvaarding, met 'n groot skoot tevredenheid toegedraai in 'n sy-kokon van liefde, kán lei na baie dinge. Hier het aanvaarding en tevredenheid, ontwikkel in onmeetbare liefde tussen sielsgenote, gelei tot vurige passie ... Vervulling. Iets waarna altwee gesmag het.

Die soen wat volg, is soet soos nektar. Die proe van mekaar se lippe, die streling van hande oor mekaar se liggame, wat smagtend in afwagting wag …

"Stephanie …" Die fluistering teen haar oor, laat haar ril van lekkerte, asook ekstase. Sy weet diep in haar jongmeisiehart dat sy Anumander nie gaan keer nie. Haar hart en innerlike vrouwees, skreeu om vervulling. Stadig maak Anumander die pêrelknopies van haar ligblou satyntoppie een vir een los, terwyl hy aan haar oorlelletjie knibbel. Sagkens beweeg hy sy mond af tot in haar nek. Sy warm asem teen haar vel, ontknoop emosies onbekend aan haar. "Kom, Steph, die ou bankie is ongemaklik. Is jy honderd persent seker dit is wat jy óók wil hê?"

"Eenhonderd persent." Sy voel hoe haar hart uitbundig begin klop.

Anumander domp die kajuit se ligte. Hy klap sy hande teenmekaar. Tot Stephanie se verbasing vul strelende musiek die kajuit, terselfdertyd gaan verskeie klein liggies aan, skep 'n uiters romantiese atmosfeer. "Dit is pragtig, Anumander …"

"Kom, my lief, die bed sal darem gemakliker wees." Asof Stephanie die gewig van 'n dons het, tel hy haar op, lê haar dan sagkens neer op die bed. 'n Halfmaan-bed, getooi in pragtige linne, wat effe blink in die skitterglans van die klein liggies teen die mure, asook teen die plafon van die ruimtetuig.

Versigtig skuif hy haar toppie oor haar skouers, ontbloot die bruingebrande halfmane van haar ferm borste, wat net net bokant haar wit kantbra uitloer. "Stephanie, liefste, mag ek maar?"

79

Met 'n asem wat rukkerig by haar mond uitkom, is die fluistering sag, emosievol: "Ja, my lief ..."

Met die grootste versigtigheid maak hy die knopie van haar denimkortbroek los. Soos 'n outomaat lig sy haar op, terwyl hy die broek met klein broekie en al, oor haar heupe trek.

Anumander trek sy asem in wanneer hy Stephanie in haar naaktheid sien. Verwondering en bewondering laat hom regop kom. Hy trek sy uniform se top oor sy kop, amper in dieselfde beweging stroop hy die maroenkleurige broek oor sy heupe ...

Stephanie onderdruk 'n gilletjie van bewondering. Sy kan nie haar oë wegskeur van die volmaakte manlike liggaam nie. Vir haar voel dit op daardie oomblik of haar hart tien en 'n halwe klop mis ...

Vir die eerste keer in haar lewe voel Stephanie hoe haar ore dreun van haar hart se klop in haar kuiltjie wanneer sy Anumander se manlike orgaan sien. Sy voel hoe 'n pols sterk begin klop in haar eie deeltjie.

Met die grootste respek vir haar, druk hy haar knieë weg van mekaar ...

Vir Stephanie voel dit asof die hemel en aarde rondomtalie draai. 'n Goue oomblik volg wat vir altyd in Stephanie se geheue afgeëts sal wees. Daardie goue oomblik toe Anumander sy tong in haar sagtheid druk, oral rond speel. Golf op golf spoel ekstase deur haar.

Met 'n teer sagtheid lig hy homself op. Stephanie voel 'n warm, heerlike, onbeskryflike gevoel wanneer Anumander tot die liefdesdaad oorgaan. Vir etlike minute dryf altwee tussen duisende gekleurde sterre rond. Op reënboë van goud en silwer, seil hulle op 'n groot oseaan waar net hulle bestaan. Branders van innerlike ekstase spoel oor hulle, deur hulle ... Om hulle ...

Tyd bestaan nie meer nie. "Ek het jou onbeskryflik lief, Stephanie."

"Ek vir jou ook, Anumander."

In Sandvlakte se huis, kyk Sofie vir die soveelste maal op haar horlosie. Twaalfuur, eenuur ... Ná die derde beker rooibos, staan Sofie op, tuur in die rigting van die ruimtetuig. "Ek weet, my lief-kind. Een maal, baie lank gelede, was ou Sofie ook op daardie reënboog waar jy nou is. Wees net gelukkig, my kind."

Haar oog vang die flou ligskynsel wat onderdeur Yacub se toe kamerdeur skyn. "Ai, kind, my hart pyn vir jou. Ek wéét jy het haar lief ... Die ou lewe kan só onregverdig optree."

Dit is toe eers die volgende dag, hier neffens middagete, toe Anumander en Stephanie voet by die tuig uitsit. Intense geluk hang soos 'n stralekrans oor en om hulle.

Die liefde is 'n geskenk wanneer 'n man en 'n vrou hulle onderskeie sielsgenote vind. Dié twee pragtige siele, het hul genote gevind ...

So sal dit ook wees, tot aan die einde van dae. Die liefde wat Stephanie en Anumander vir mekaar het, is nimmereindigend.

Sofie staan niertjies en uie braai, toe sy die vrolike gelag hoor. Met die pan niertjies veilig op die lou kant van die stoof, betrag sy hulle deur die kombuisvenster. "Darem hoog tyd nou. Té veel van 'n goeie ding ... Ai, as dinge gaan skeefloop met Tillie en Eben wat dalk nie vir Anumander wil aanvaar nie, gaan daar baie trane wees."

Hoofstuk 7

Twee dae later ...

Ewenwel, so gebeur dit toe dat ou Velskoen, so by sesuur die oggend se kant, die ou Land Rover opstart, die pad vat Merweville toe. Dié is nou die naaste dorp aan Sandvlakte. Einde van die maand dorp. Almal wat leef en beef kies Merweville se winkels. Laingsburg lê té ver, en Sutherland is in die Roggeveld area. 'n Hele klomp kilometers ver. Ver van niks af, soos die mense van die streek sê. Die nikse groei hier ruig en wild.

Die oggend is nog vars. Dou lê soos blink kristalle op die blare. Die meeste mense in Merweville is nog in die kooi. Máár daar is ook andere wat saam met die hoenders opstaan, ook gaan slaap ...

Twee ure voor die son sy strale oor die koppe stoot, is ou Dartelman Rossouw al bedrywig by sy winkel in die hoofstraat. ONS WINKEL. ALGEMENE HANDELAAR. Dié naam skellag in groot rooi letters op 'n wit seil, gespan tussen twee pale. Nie sommer só nie, netjies styf gespan. Twee rooi vlae wapper bo-aan die twee pale, dít maak ONS WINKEL baie sigbaar vir 'n ieder en 'n elk, al is ONS WINKEL die enigste algemene handelaar in Merweville.

Proviant moet so gou as nou uit die store gedra word, die winkel in, vóór die maandkopers toeslaan. Van ver af kan jy die harde stem van ou Dartelman hoor. Al is hy 'n klein en pieperige oompie, in sy middel sewentigs, is die bulder in sy stem genoeg om al die ontslape siele uit Merville se kerkhof te laat spaander. Dis nou met permissie gesê ...

"Kom, Swerkater, die son trek water. Netnou maar kom die kopers, en die winkel is nog dolleeg."
Só sal Dartelman aanhou met sy bevele.

Kleinman Swart, wat al die drawerk moet doen, vloek binnensmonds. "Bliksem man, hê genade ..."

Dit is ook nou nie nét die aankope van proviant vir die plaas wat maak dat ou Velskoen so vroeg moes ry nie. Nee, die ding staan só ... Van George se kant af, die lughawe om presies te wees, bring die spoorwegbus vir Tillie en Eben. 'n Goeie klompie kilometers. Tweehonderd en sestig kilometer, dorre pad.

Die dorheid is nou nie van George af nie, daar is baie groen om te sien. Die dorheid begin waar die Karoo begin. Maar soos dit met die Karoo-bewoners is, maak ver geen verskil nie. Ver is naby. En naby is ver ...

Merweville is al klaar 'n miernes van bedrywighede, toe ou Velskoen, diesel ingooi by Merweville se enigste vulstasie. Een dieselpomp en een petrolpomp. Ook 'n staander vir olieblikkies. Caltex en Esso.

Die vulstasie dien sommer ook as die bus se stopplek. Hier klim mense op en af. Inter Kaap se bus stop ook dan en wan hier langs die vulstasie se kafee. Die kafee is in 'n trietsige, witgekalkte geboutjie, jy kan letterlik van die vloer af eet, so netjies en skoon is dit. Anna Sprinkaan is trots op haar plekkie in die stofstrate van Merweville. Die spyskaart op die muur voor die deur, sê in duidelike groot vet swart letters: ASKOEKE MET HEUNING. VETKOEKE MET GOUESTROOP. COCA COLA. CREAM SODA. TEE EN KOFFIE. Anna is baie spesifiek. Nie enige stroop nie, dit móét Lyons Gouestroop wees. Die heuning móét rou heuning wees. Om die dors te les, regte Coca Cola. Nie Diet Coke nie, die een mét suiker, is een van die grootste verkopers by ANNA SE KAFEE.

'n Bloedrooi tiekieboks van destyds, staan op die stoep van die kafee. (Nou se dae, betaal jy binne) 'n Gerief vir almal om te gebruik. Die swart foon gaan skellend aan die lui. Anna is soos blits by. "Hallo, Anna se kafee. Ja? Sussie Arense, wat de hel mens?!" Anna se oë rek soos pierings, woorde steek in haar keel vas. "Waaatt! Is jy seker, Sussie? O, ek sien. Vader van genade!"

"Ou Velskoen, mens, kom hier ... Jong, 'n verskriklike gebeurtenis het homself afgespeel, so twintig en 'n bietjie kilometers terug. Sussie Arense het nou net laat weet."

Ou Velskoen gooi die laaste nippie van sy Horseshoe rol-sigaret tussen die Bokbaaivygies in. "Wat nou, Anna? Seg wéér..."

"Die spoorwegbus daar van George se lughawe af ... Mens, hy lê glo wiele in die lug. Sussie sê, die poeliesmannetjie sê, al sewe passasiers, plus die bestuurder is die ewigheid in. 'n Wiel het glo gebars, die bestuurder het heeltemal beheer verloor.

"Ou Velskoen, was Tillie en Eben van Sandvlakte nie op daai gedoemde bus nie? Sover ek onthou, het hulle al eergister in Suid-Afrika aangekom uit Australië. Deesdae is dit mos 'n direkte vlug na George. Ag, Vader, behoede ons tog ..."

Anna Sprinkaan wag nog vir 'n antwoord, toe gooi die Land Rover sy eerste bol dieselrook. "Ai, daar trek hy weg, en ek wou nog weet ..."

'n Naarte borrel op in ou Velskoen se keel. Koue sweet stroom sy gesig af, brand sy oë. "Laat hulle tog net dié bus verpas het."

In sy vyf en sewentig jaar het ou Velskoen nog nooit so vinnig gery nie. Die spoedmeter se naald bewe verby sestig myl per uur. In sy truspieëltjie sien hy die lang streep vaal stof agter die ou Land Rover se agterwiele uitborrel.

Vyf en twintig minute later, nader hy Sandvlakte se afdraai. Ook net betyds. Die ou Land Rover se hittemeter, wat ook nie baie akkuraat is nie, het skielik heeltemal handdoek ingegooi. Stoom borrel onder die enjinkap uit. Die Land Rover het hopeloos oorverhit. Vir die ou enjin, het hoop ook helaas verbygegaan.

Sandvlakte se ingang na die huis, wink. Vir ou Velskoen is die mooi ingang, gebou uit klip van die kop, nie meer so mooi nie. Hy sien nie die bloedrooi blomme van die bougainvillea wat teen die klippilare oprank nie.

Ou Velskoen se fletsblou oë, wat al effe rooi is van die baie stof, laat trane vrylik oor sy verrimpelde wange loop. 'n Kreun van intense hartseer vloei uit sy mond. "Vader, laat dié net 'n gerug wees ..."

Sofie, wat besig is om Karoo-stof hok te slaan, hoor 'n kermende gedreun. By die sitkamer se groot venster steek sy vas, trek haar asem skerp in. Tot haar ontsteltenis, sien sy wolke stoom onder die enjinkap uitborrel. "Wat de duiwel ... Het ou Velskoen nou wragtig die Land Rover sonder water staan en ry?"

Sofie kan behoorlik nie haar draai om die kapstok kry, om by die voordeur uit te kom nie. Met die verestoffer in die een hand, en 'n stoflap in die ander, waai sy verwoed. "Stop! Stop net! Sluit af! Die ou krok gaan sy bearings dwarsdeur sy blok moker! Ou Velskoen, wat de hel gaan met jou aan? Was jy by Merweville se bottelstoor?"

Sofie sien die verwesenheid in ou Velskoen. Sy sien die traanstrepe op sy stofbesmeerde wange. Allerhande gedagtes wat haar bang maak skeur deur Sofie. Die een groot gedagte, wat sy die hele tyd nog vermy het, tref haar soos 'n bliksemstraal.

"Velskoen, was Tillie en Eben nie op die bus nie? Hoekom is hulle nie by jou nie? Dalk is hulle vliegtuig net laat, jy moes maar net gewag het. Máár, soos ek vir Eben ken, sou hy laat weet het ..." Sofie verpoos vir 'n sekonde om asem te skep.

Met 'n stem wat effe hees is van ingehoue spanning, kyk sy ou Velskoen vierkantig in die oog. "Mens, praat! Wat is verkeerd? Jy lyk mos nou vir my net soos opgewarmde dood ... Velskoen, praat net ..."

Voor ou Velskoen sy hartseer vir Sofie kan gee, sien altwee die motor wat deur die klipingang kom. Met haar hand bak oor haar oë, herken sy die wit motor van luitenant Paul van Aswegen, hoof van Merweville se polisiestasie. "Velskoen, hoekom is die luitenant hier op Sandvlakte? Wat het jy nou weer aangevang?"

Netjies in sy blou SAPD uniform, stap Paul van Aswegen na waar Sofie en Velskoen staan. Ook hý ruik die reuk van 'n enjin wat oorverhit het. "Môre, Sofie, ou Velskoen. Lyk of die Land Rover steeks is? Die reuk vertel my mos nou 'n storie wat hom steeks gaan laat bly vir 'n lang ruk.

"Is Stephanie hier? Dit is dringend, ek móét met haar praat ..."

"Sy is, Luitenant. Seker doenig by Ounooi en die Dormers. Kom solank in. Die voorhuis is koeler as hier buite. Nog nie eers naby middag nie, en die son brand klaar. Ek roep haar gou."

"Ek veronderstel jy weet ... Ek bedoel nou van die busongeluk?" Paul van Aswegen sien die opgedamde trane wat boekdele spreek.

"Sê tog net, Luitenant, dat dít wat ek gehoor het by Anna Sprinkaan, net 'n gerug is. Dit kan mos nou nie waar wees nie."

"Dit is ongelukkig waar, ou Velskoen. Kom ons wag vir Stephanie, voor ons hieroor praat."

Stephanie kom effe windverwaaid by die sitkamer in. Sofie wou nog keer, vir haar sê daar sit strooistoppels in haar hare, ook op haar rooi T-hemp ... Sy glimlag so in haar enigheid. Die uitdrukking op altwee se gesigte toe sy hulle op heterdaad betrap, het boekdele geskryf.

'Heterdaad betrap', is dalk 'n té sterk woord. Daar was net 'n wilde ge-smooch aan die gang. Sy giggel amper hardop. Anumander is met 'n verleë hoesie by die stal uit, sy hare bedek met strooistoppels ...

Toe Stephanie hoor dat Paul van Aswegen haar wil sien, het sy net geloop. Vir Anumander gesê sy sien hom later. Sofie wou nog mooipraat. Haar soortvan voorberei vir dít wat die polisieman haar wil meedeel. Máár soos altyd, is Stephanie horende doof en siende blind.

"Wat soek Piet Maarskalk so vroeg hier, Sofie? Ás dit weer ons Dormers is wat deur ou Piet Maarskalk geskut is, gaan ek daardie simpel oorvet Jerseybul van hom, Groenamara ingee. Die bul gaan hom maer skyt. Tsk!

"Hallo Luitenant, wat haper nou weer vandag? Seker weer ou Piet Maarskalk. Hoeveel Dormers is nou weer geskut? Plaas die ou vrek nuwe lyndrade span ..."

"Kom sit, Stephanie. Nee, daar is nie klagtes oor julle skape nie. Ek kom met slegte nuus. Ek wil hê dat jy nou kalm moet optree ..."

"Praat, Luitenant. Wat gaan aan?"

Sy voel hoe 'n pikswart wolk oor haar vou. "Was daar 'n vliegtuigongeluk?"

"Nee, 'n busongeluk, so plus-minus twintig kilometer vóór Merweville. Jou ouers het dit nie oorleef nie, Stephanie. Ek is ontsettend jammer. Jy moet asseblief saam polisiestasie toe kom, vir die uitkenning van die liggame. Sal jy kan? Dit gaan baie moeilik vir jou wees."

'nTasbare stilte kom lê die sitkamer vol. "Ek sal kom, Luitenant. Moet die uitkenning dadelik gebeur?"

"Verkieslik vanmiddag nog. My simpatie, Stephanie. Kom reguit polisiestasie toe, sien dan later. Bly sit mense, ek ken die pad uit."

"Sal jy saamgaan, Sofie? Ek gaan net gou vir Anumander sê, sal julle vir Yacub ook inlig?"

Stephanie kry vir Anumander waar hy besig is om grondmonsters in lugdigte houers te gooi. Onmiddellik kry hy die gevoel dat iets verskriklik gebeur het. "Steph?"

"My ma en pa is dood, Anumander."

"Wat het gebeur?" Stephanie loop reguit in sy arms in. Hy vou haar toe, soen die trane van haar wange af. "Ek is verskriklik jammer, my lief. Kom sit hier by my, dan vertel jy my wat gebeur het."

"Ek wens jy kon saam met my gaan, om hul liggame te gaan uitken, Anumander. Maar dit kan nie ... ek weet. Sofie sal saamgaan."

Die twee liggame wat stil langs mekaar op vlekvryestaaloppervlaktes lê, laat Stephanie huiwerig naderstaan. Met eerbied word die twee liggame ontbloot tot by die skouers. Die patoloog tree terug, kug, en wys vir Stephanie om tot by hulle te gaan.

"Juffrou le Roux, ek weet dit is nie 'n troos nie, weet net, die dood het oombliklik ingetree, hulle het nie gely nie. Ek is ontsettend jammer. Ek laat julle nou alleen, ek is in my kantoor indien julle my nodig het." So is Sandvlakte aan die treur. Álmal treur. Tot die Dormers. Hulle loop hangkop, wil ook nie gaan wei nie. Stephanie dra nou maar kos aan. Sy gooi die laaste lusernmeel in die sak uit in 'n trog. "Julle spul, maak my op! Gaan spring draad, ek is seker iewers het daar 'n koedoe weer drade gebreek. Gaan vreet ou Piet se heilige lusern op, jaag daardie verdomde Jerseybul rond ... Hou net op met blêr! Ek mis hulle óók, magtig!"

Tillie en Eben, word aan die Aarde terug besorg op 'n koelerige herfsoggend in die familiekerkhof op Sandvlakte.

"Stof is julle, en tot stof sal julle terugkeer ..."

Dominees van Niekerk, sluit af met 'n lied, waarvan Tillie, asook Eben gehou het. "Nader my God by U ..."

So eindig nóg 'n generasie van Le Roux's.

Alleen, eenkant onder 'n kerkhofboom, staan Stephanie. Haar gedagtes by haar ma en pa. Die afgelope vyftien minute hou sy die mans dop wat toegooi. Dit is stil in die kerkhof, net die dowwe klank van skopgrawe vol grond wat in die gat op die twee kiste val. Twee enerse kiste van dennehout met tou vir handvatsels langs mekaar. Niks verder nie. Ook nie blomme nie. Só, was Tillie en Eben. Plein mense, sout van die aarde.

Iewers in 'n boom koer 'n tortel ook sy eie hartseer uit.

Tillie asook Eben was bemind onder die boeregemeenskap. Gedien op al wat 'n komitee is, van VLU tot OVV. Eben weer, was betrokke by boereverenigings en die Landbank ...

Dit is nou hieraan wat Stephanie dink. Sy skrik effe toe Sofie in stilte langs haar kom staan. "Die manne is amper klaar toegegooi, dan kan ons die kranse opsit. Stephanie-kind, hoor jy wat ek sê?"

"Sofie, ek sal nooit hulle skoene kan volstaan nie."

"Gee kans, jy sal. Jy ken die plaas."

Saam stap hulle opstal se kant toe. "Stephanie-kind, ek hoor Yacub sê hulle beoog om oor 'n week of so, terug te gaan Dagobah toe."

"Ek hoor so, Sofie. Anumander het gisteraand daaroor gepraat. Hy wil hê ek moet saamgaan ... Maar hoe op aarde kan ek? Nou is 'n slegte tyd. Daar is die boedel wat afgehandel moet word. Ek moet deur die plaas se inkomste en uitgawes gaan. Oorneem waar my pa gelos het. Anumander sê hulle sal ses maande of so weg wees. Dan kom hulle terug vir nóg navorsing. Sofie, ses maande! Dit is verskriklik lank."

"Ek weet, my pop, máár kyk só daarna, jy gaan jou hande vol hê. Voor jy jou oë kan uitvee, is ses maande om. Hoe sê die slim mense: "Absence makes the hart grow fonder ... Is so, my kind."

Die dag wat Stephanie gevrees het, breek aan.

Vroeg, voor die ou Leghornhaan, die nuwe daeraad kan aankondig, is daar 'n gewerskaf by die ruimtetuig.

"Yacub, alles is nou reg, nè? Jammer, ek vra die vraag nou bykans elke uur."

Yacub glimlag in sy enigheid. "Ek weet jy is 'n pyn, kaptein Krolin, maar so ken ek jou. Ja, alles is reg. Ons kan net na sonsopkoms vertrek. Het Stephanie nou vrede gemaak met ons vertrek terug?"

"Wel, ek dink nie heeltemal nie, maar sy sê dat sy dit aanvaar het. Ek het gevra dat sy saamkom, maar nou met haar ouers se dood, is daar vele dinge wat aandag moet geniet. Byvoorbeeld die testament, asook die boedel, die plaas se inkomste en uitgawes. Sy moet nou oorvat waar haar pa en ma gelos het. Dié, is nou Stephanie se woorde."

In die kliphuis se kombuis is daar 'n stilte. Sofie loer so onderlangs na Stephanie. Dié is besig om padkos te pak. "Sofie, moet ek nie maar saamgaan nie. Jý en ou Velskoen is mos hier. Die prokureurs kan mos maar uitstel met die lees van die testament. Die boedel-mense kan ook aangaan. Dirk Jacobs, van Van der Velde Prokureurs, is knap, hy het alle inligting, handtekeninge en dokumente."

"Dit is nou te laat, my kind, hulle vertrek binnekort. Moenie nou oorhaastige besluite maak nie. Kom, bring die mandjie. Dit is 'n stywe entjie na die ruimtetuig.

"Stephanie-kind, hoe gaan jy nou weet wanneer hy terugkom? Daar is nie telefone op Dagobah nie, en al was daar, die telefoonsein sal nooit hier uitkom nie

93

... Jy weet mos, soos Sussie by die sentrale op die dorp sê: Die Moordenaarskaroo is to hel en gone ..."

"Ek kom met donkermaan ... Dít, was Anumander se presiese woorde, Sofie."

"Genade, kind, moet jy nou die maan se siklusse dophou?" Sofie kyk na die droewige glimlaggie op Stephanie se somber gesig. "Dan hou ons sáám die maan dop. Eintlik klink dit na pret. Die maan se dinge is mos pragtig hier in ons ou Karoo. Die sterre is ook groter en blinker.

"As ek reg onthou, is dit eers donkermaan, eerste kwartier, volmaan dan laaste kwartier. Dan weer donkermaan. Ons gaan definitief pret hê, met die maan en sy dinge."

Die afskeid is bittersoet. Óf dalk meer bitter as soet. Anumander probeer troos, maar Stephanie is onkeerbaar hartseer. "Die tyd sal gou verbygaan, Steph, vóór jy dink jy verlang te veel, is ek terug op Sandvlakte."

Sofie en Stephanie staan 'n entjie terug wanneer die ruimtetuig saggies begin dreun. Liggies flikker. Dan is hy weg. Geruisloos die ruimte in ...

"Ai, kom hier, my kind." Sofie druk Stephanie teen haar bors, vee die blonde krulle uit haar gesig. "Kom ons loop daar na jou ouers se graf toe, dis nog te vroeg vir ontbyt." Hand aan hand stap twee mense wat bitterlik baie vir mekaar omgee.

"Sofie, die lewe is bitter onregverdig ... Daar is my ouers weg, sonder om vir Anumander te ontmoet. Sonder dat ek probeer het om hulle te oortuig van ons liefde vir mekaar."

Terug by die opstal, is ontbyt eerste op die agenda. "Dankie, Sofie, ek kom nou eers agter hoe honger ek is."

"Nou toe, kom ons eet. Daar is hope werk wat afgehandel moet word. Ek sien ou Velskoen is al besig om die skaap veld toe te jaag. Hulle is maar halsstarrig, gewoond geraak aan sakkos wat jy hulle gevoer het. "

Hoofstuk 8

Twee en 'n halwe maand later

Stephanie sit ingedagte agter haar pa se geelhoutlessenaar, terwyl Sofie rooibostee skink. "Nie melk nie, Sofie. Net 'n suurlemoenskyfie en 'n half teelepel suiker. Alles is nou afgehandel. Kom sit, dan vertel ek jou van my ouers se testament. Dirk Jacobs het gister die dokumente gebring. Sofie, jy en ou Velskoen erf ook."

"Haai nee, dit is mos nou nie nodig nie." Sofie snuif, soek naarstiglik na haar sakdoek in haar voorskoot se sak.

"Gaan roep gou vir ou Velskoen, Sofie, hy moet by wees. Daar is 'n paar dokumente wat jy en hy moet onderteken ." Stephanie sien die trane in Sofie se oë. "Dit is 'n mooi gebaar, Paps. Hulle werk al baie lank op Sandvlakte, getrouer sal mens ver moet loop soek."

Sy glimlag wanneer ou Velskoen inkom, sy donkerbruin oë vol deernis gerig op Stephanie. Sofie is 'n aks agter hom, haar voorskoot netjies oor haar arm gevou.

"Ou Velskoen, jy het seker nou by Sofie gehoor? Ja, julle twee erf ook 'n ietsie. Jy word die Land Rover se nuwe eienaar. Hy sal nou reggemaak word, dit is klaar gereël. Die oordragdokumente moet jy net teken ...

"Sofie, daar is alreeds vir jou R10,000 in jou bankrekening betaal. Jy kry ook die Eikehoutslaapkamerstel wat gestoor is. Vir elk van julle word ook 'n woonstelletjie gebou, hier naby die opstal. Ons sal nog bepaal waar."

"Ai, maar Stephanie, ou Velskoen kan mos ok nou nie net sommer maar die Land Rover kry nie ..." Ou Velskoen snuif nou onbedaarlik.

"Jy kan, my pa wou dit so gehad het. Aanvaar net julle erfporsies, dan sal hulle gelukkig wees daar in die hemel."

Een middag, ná middagete, amper twee weke na die fondasies vir die woonstelle gegooi is, kyk Sofie bekommerd na Stephanie. "Kind, wat is fout? Verlang jy na Anumander? Jy lyk maar oes. Ek sê mos hoeka, jy moet uit die son bly. Jy en daardie verdomde Dormers wat net wil draadspring, gaan maak dat jy 'n verskriklike verkoue opdoen. Dalk moet ons hulp kry vir die plaasdinge, ou Velskoen trek ook al ver in sy jare."

"Ek het ook daaraan gedink, Sofie, wat van 'n goeie plaasvoorman? Moet net nie dat ou Velskoen die woord 'voorman' hoor nie ... Ek gaan bietjie op die bank in die sitkamer lê, ek voel nie te waffers nie."

Al singende dek Sofie die tafel af. Haar gedagtes loop ver paaie. Sy dink aan Tillie en Eben se ontydige dood. "Wys jou, die lewe is té kort vir alles en nog wat. Tillie, jy en Eben sou van Anumander gehou het. 'n Goeie kind, al is hy nou van 'n helemaal ander wêreld. 'n Wêreld so ver van ons Moordenaarskaroo verwyder, mens kan dit amper nie glo nie ... Wat 'n mooie man, én sy vriend ook. Mensig!"

'n Flitsberig onderbreek die normale *'Oggend uit die vere'* program op die radio ...

Sofie los alles waarmee sy besig is, haas haar na die sitkamer. "Stephanie, slaap jy, hartjie?"

"Nee, ek blaai deur die albums. Dit is lekker om al die onthou, te onthou. Wat is fout? Jy lyk bekommerd ..."

"Stephanie-kind, dis is 'n baie seldsame én verskriklike gevaarlike maaggriep. Ek hoor dit nou net op RSG. Gelukkig vang ons darem die radiostasie dan en wan. Meer wan, as dan." Sofie giggel vir haar eie grappie. "Mense moet versigtig wees, dit is glo 'n landswye ding. Tot hiér in die Karoo, seg sy. Dis nou dié Eloise Cupido, van RSG. Mens kan maar na haar luister ... Gaan liewerster dokter toe. Ek vertrou nie dié hitte nie, goeters broei uit, jy weet, goed soos virusse. Mens kan maklik die ding optel, óf Bronchitis opdoen, jou stemmetjie is nie suiwer soos altyd nie."

Die maagvirus loop sy loop deur die Karoo, ontsien letterlik niemand nie. Sandvlakte loop ook deur. Veral die werkers se kinders. Stephanie dokter almal met boererate, wat natuurlik help. Boererate help altyd, sê die Karoo-bewoners wat wéét.

Stephanie word sieker by die dag. Sofie pleit, sonder weerga. "Kind, jy moet dokter toe, jy verloor gewig, jy is bleek met blou kringe onder jou oë. Nou is daardie Anumander só vêr, g'n mens kan hom in die hande kry nie."

'n Week, die gedoente in, is Stephanie, asook ou Velskoen se kragte gedaan. "Magtig, Stephanie, wil jy en ou Velskoen dood? Tot hiertoe en nie 'n tree verder nie, dokter toe met julle twee. Ek en ou Velskoen se kleinkind, Pietsaria, sal omsien na die doen-dinge vanoggend.

"Ek het klaar 'n afspraak gemaak. Julle twee sien dokter Elfin twaalfuur ... Toe, gaan maak vir jou reg, jy lyk soos dood, my kind, en ou Velskoen tien maal erger."

'n Swaarmoedigheid hang oor Merweville. Motors, bakkies, donkiekarre asook trekkers met sleepwaens, staan geparkeer voor Merweville se enigste twee dokters se spreekkamers. Siekes sit in rye onder die bekende witpeerbome van die Karoo, bleek in die gesig en uitgeteer soos 'n sprinkaan wat geen groenigheid kan vind in die Karoo se bossievelde nie. Tot die geharde witpeerbome lyk bedroef, wieg hulle blare stadig van maat af ... Tot die warm Karoo-wind is lusteloos, sy manewales futloos.

Ekstra fasiliteite is langs die buitetoilette staangemaak. Ook handwasgeriewe. Tafeltjies met genoeg handsanitasie in spuitbottels, staan oral rond. Dié voorkoming help ook nie veel nie. Die maagvirus versprei soos 'n veldbrand, aangejaag deur 'n baie kwaai Karoo-wind.

"Ou Velskoen, dié is lyk my 'n siekte van epidermiese proporsie. Hoop die dokters het genoeg entstof vir die virus-ding."

Tien minute na twaalf word Stephanie ingeroep. Suster Denise Nortje trek die nodige buisies bloed, beveel haar om toilet toe te gaan, sy sal daar urine, asook stoelganghouertjies kry. Sy moet net wag, Dokter is agter met die skedule, net bietjie geduld ...

Vir Stephanie voel die wagtery soos ure. Gelukkig is daar lugverkoeling. Ingedagte staar sy na dokter Johan Elfin se netjiese lessenaar, skrik haar in 'n bewerasie in toe dr Johan agter haar praat.

"Jammer vir die wag, my kind. Die maagvirus is baie erg met jou. Ek dink ek moet jou vir 'n uur of wat op 'n drip kry, sommer hier in die siekeboeg, maar ons sal baie versigtig moet wees met die medikasie. Het jy 'n idee wat aan die gang is?"

Met 'n baie bleek gesiggie en oë wat ingesonke is, kyk sy vraend na dokter Johan. Dié is al jare Sandvlakte se huisdokter, dis nou te sê, as boererate nie werk nie. "Wat nou, Dokter? Wat is aan die gang?"

"Kind, volgens die toets wat ek op jou urienmonster gedoen het, net vir die wis en die onwis vóór ons die strawwe medikasie vir jou gee om die maagvirus hok te slaan ... Moenie so verbaas lyk nie, ek doen die spesifieke toets op alle vroue wat inkom met simptome van die virus.

Jy is swanger, Stephanie. Seker al bykans agt weke, skat ek. Die bloedtoetse, asook die sonar wat ek nou dadelik wil neem, sal die regte tyd vir ons bevestig. Was daar nog nooit 'n naarte in die oggend, óf sooibrand nie? Wat van jou siklus? Daar moet iets wees het wat jou gewaarsku het?"

Stephanie voel hoe elke druppel bloed uit haar gesig dreineer. Haar yskoud laat van kop tot tone. "Niks, dokter Johan, absoluut niks. Met mý is alles normaal soos altyd, behalwe nou vir die maagdinge. Ek het geweet dat so iets kán gebeur. Ons het nie beskerming gebruik nie ..."

"Wel, dit gebeur soms dat daar geen waarskuwing is nie. Geluk, my kind. Dit is tyd dat Sandvlakte weer 'n Le Rouxtjie kry ... Ek gaan nie uitvra nie, Stephanie, jy wéét ek is áltyd beskikbaar as jy wil praat, óf iets wil weet."

Die sonar bevestig dr Johan Elfin se vermoede. Agt weke en 'n titseltjie. "Stephanie, ek gaan vir jou 'n voorskrif gee, vir al die nodige vitamiene en minerale wat jy en jou groeiende baba nodig het, die spreekkamer se apteek hou alles aan.

"Die bloedtoetse se uitslag sal eers 'n paar dae later beskikbaar wees. Ons koerier vat dit vanmiddag Beaufort-Wes toe. Hulle sal my 'n lui gee, dan sal suster Nortje jou weer laat weet. Indien daar 'n rede is vir jou om in te kom, sal sy 'n afspraak reël.

"Pas jouself op, bly so bietjie van daardie perd van jou se rug af, tot jou eerste trimester verby is. Net vir veiligheid.

Vir die maagvirus gaan ek jou nou dadelik op 'n drup sit, dan die medikasie daardeur toedien. Dit sal so 'n uur en 'n half neem, laat weet vir Sofie dat julle so bietjie laat gaan wees ...

"Jy en die babatjie sal bo uitkom, ek belowe."

"Stephanie, dink jy ek is in staat om die nuwe Toyota Cruiser te bestuur? Ek is maar gewend aan die ou Land Rover ..." Ou Velskoen skuif ongemaklik agter die stuur van die sandkleurige voertuig in. "Kyk net al die metertjies, nee, ou Velskoen kan nie! Die baie liggies maak my weer ellendig voel. Dalk is die inspuitings en goeters van dokter Johan klaar uitgewerk ..."

"Jy sal maar móét, ou Velskoen, die medisyne van dr Johan maak my lomerig. Doen net soos jy gewoond is."

Met 'n paar rukke en stote én 'n gebrul, is hulle op pad. "Vrek, maar dié ding het woema ..."

"Stadig net, ons wil nie tussen die karoobossies beland nie." Stephanie glimlag wanneer sy die verontwaardiging op ou Velskoen se geplooide gesig sien. "Toe maar, ek grap net, jy lyk bepaald beter na dokter Elfin jou gespuit het."

'n Hele ruk later, draai die Cruiser by Sandvlei se hekke in. Sofie, wat besig is om twee hans-Dormers bottelmelk te gee, staan verstom en kyk na die swierige draai wat die Cruiser gooi, dan voor die huis stilhou in 'n walm Karoo-stof. Binne-in die nuut aangeplante petunia-bedding.

"Nou wat de ... Dis wragtig ou Velskoen agter daardie gevaarte se stuur! Ag vader tog, daar ry hy al my harde hannewerk met die pers en wit petunias in hul glory in ..."

Té vinnig probeer sy by die hanslammers se kampie uitkom. Die haak aan die hek wat hom koppel aan 'n hoekpaaltjie, haal sy geite op Sofie se rooigeblomde sisromp uit. Met 'n ruk probeer sy haarself bevry, máár dit is definitief nie Sofie se dag van triomf nie. In 'n sekonde se kosbare tyd, ruk die haak die band wat die romp bo hou, in twee. Sofie keer vir 'n vale, maar dit is te laat ... Die romp daal soos 'n valskerm grond toe. Sofie staan verbouereerd in haar skelpienk onderrok met die breë goudgeel kantinsetsels op strategiese plekke.

Die halfmas sykouse, met die breë grasgroenrek wat moet keer dat die sykouse nie enkels toe daal nie, is die eintlike doring in Sofie se vlees. Dít, was die werk van die enkellengte romp, om dié alles te bedek. Maar helaas, dit is te laat. Die hele Sandvlakte het haar nou in haar onderklere gesien ...

Sofie buk vervaard, gryp na die romp om te probeer red wat te redde is ... Dit is tóé dat 'n astrante Dormerlam sy dinke, dink. Hy tref haar op haar agterstewe. Sofie is skoon van balans af. Sy val om ... sommer net om. Kolle kom tot haar redding, maar alreeds het ou Velskoen die spektakel raakgesien.

Handeviervoet met die hulp van Kolle, sukkel sy orent. Haar oog vang ou Velskoen waar hy langs die Cruiser staan, sy hand 'n bakkie oor sy oë om die laaste bietjie lig uit sy oë te hou.

"As jy lag, ou Velskoen, is jy bokveld toe ..." Verontwaardig staan Sofie op, gryp die twee tietbottels, marsjeer dan soos 'n wafferse sersant-majoor kombuis se kant toe, met die romp onder haar arm.

Hoofstuk 9

Die Karoo se aandlug neig koud te wees. Stephanie ril, vryf haar arms, probeer só bietjie hitte kry. "Laat ek vir jou 'n trui gaan haal, my kind, die ou Moordenaarskaroo is weer vol geite. Wat van 'n bietjie Hot Chocolate? Dit sal jou goeddoen, ook vir Babatjie ... Stephanie-kind, volgende week is jy drie dae weg van vier en twintig weke. Daardie Anumander moet nou sy alie beginte roer. Daardie vlieg-gedoente van hom is mos vinnig, hy kan mos maar nou kom. As hy maar net wéét! Die mooie man gaan uit sy vel spring ..." Met 'n sug stap Sofie al mymerend kombuis toe.

"Ai, nee, ou Souf, hene tog, watse dinge dink jy dan nou? Dit sal mos nou nie 'n mooie gesig wees as die pragtige man uit sy vel spring nie. Ek hoop Yacub kom saam wanneer Anumander kom, maar dalk is dit nié so 'n goeie idee nie ..."

Terug op die stoep, sit die twee in stilte. Elkeen met sy eie gedagtes wat dieselfde pad loop. Anumander. Die baba. Eben en Tillie. Sandvlakte.

"Sofie, kyk bietjie op die kalender, met die maagdinge het ek skoon vergeet om die maan se siklusse dop te hou. Dit behoort, as ek reg is, bykans donkermaan te wees. Hy het mos gesê, hy kom met donkermaan ..."

"Dit is nog so 'n week of wat, kind. Vanaand se donkerte is maar oorlat 'n weer besig is om op te steek. Kyk hoe speel die weerlig daar by die koppe se kant."

"Ek sien die weerlig, Sofie, ons kan dalk 'n spatseltjie reën kry. Die veld is droog. Die Dormers, ook die koeie soek groenigheid, om nié eens van Ounooi te praat nie. Die merrie is skoon halsstarrig. Die bale lusern en die tef, stel hulle nie meer tevrede nie. Dankie, die Hot Chocolate smaak heerlik ..."

Altwee is so in hulle gedagtes opgeneem, dat nie een van die twee die sagte voeteval, asook die geritsel in die stil voornag hoor nie.

"Is daar vir my ook van daardie Hot Chocolate wat julle drink? Dalk is dit die koue aandlug van die Moordenaarskaroo, want ek voel nou ook die byt in die lug..." Anumander tree ligvoet uit die donker, tot op die eerste trappie. "Dit is maar hoe die wêreld hier is, warm in die dag, koud in die nag."

Anumander se stem trek soos warm genade deur Stephanie. In die lig van nóg 'n weerlig, nou baie nader, staan Anumander skaars drie treë van Stephanie af. Nóg 'n paar kronkelende weerligte volg kort op mekaar, laat die silwerkleurige eenstuk skitter.

"Anumander!" Stephanie voel hoe 'n verlammende gevoel van vreugde oor haar spoel. "Jy het gekom ... Anumander, jy is hier!"

"Ek het mos my woord gegee, my lief. Ek weet dit is nie presies met donkermaan nie, maar, dit is asof iets my soortvan gedryf het. Ek het hier binne in my hart gevoel dat ek vroeër moet kom. Al is dit net twee weke vroeër."

Anumander hou sy arms oop. Stephanie laat ook nie op haar wag nie. Met haar arms om sy nek, nestel sy haar kop onder sy ken in. Vir 'n paar tellings staan hulle styf teen mekaar. Dan tree hy 'n armlengte agteruit ...

Daar is liefde, verbasing en ongeloof in sy oë. "Steph? Die rondingtjie wat ek flussies teen my gevoel het, is dit wat ek dink dit is?" Anumander sak op sy knieë af, druk sy wang teen haar maag. 'n Ligte fladdering laat hom opkyk na Stephanie. Die beweging van 'n lewetjie ... "Ék is hier, my kindjie-lief ... Jou eie, eie pappa." Die twee woorde kom fluisterend. Vol eerbied, vir die kosbare lewetjie wat aan hom en Stephanie toevertrou is."

Die kuier en gesels kou aan die nag. Dit word na-nag, ook vroegdag. Anumander trek Stephanie se blonde hare, wat in 'n poniestert bo op haar kop vasgevang is. "Jy moet bietjie gaan slaap, my lief. Die son kom al op oor die Moordenaarskaroo. Ek gaan ook bietjie skuins lê, sommer in die ruimtetuig. Daar is 'n paar dingetjies wat ek moet afhandel. Sofie, jy moet ook tot rus kom ... Ou Velskoen en sy trawante moet maar toesien vir vandag. Sien julle later, so by aandete se kant."

Terwyl Anumander met vaste tred wegstap, kyk Stephanie en Sofie hom agterna deur die kombuisvenster. "Kind, dit was darem nou die grootste verrassing van alle tye. Darem maar 'n man so na my hart. Jy het reg gekies, beter, sal jy nie kry nie. Jy sal baie ver moet gaan soek. 'n Man in eenstuk. Nou sprak hy ook geen sproke oor Yacub nie. Ek verwonder my nou, hoekom het hy agtergebly? Altemit is hy ongesteld … Óf miskien het 'n beeldskone Dagobahnertjie raakgeloop."

Stephanie glimlag onderlangs. Haar oë loop agter die man aan wat sy met haar hele hart liefhet, tot daar waar die Karoo hom insluk en hy in die niet verdwyn. "Hy is van ver, Sofie, baie ver. So ver soos die verste ver. Anderkant die Melkweg ver …"

Met klere en al, val Stephanie op haar bed neer. Die wete dat haar geliefde Anumander op Sandvlakte is, gee haar 'n wonderlike kalmte wat jy nét kan kry as jy wéét dat daar iemand is wat jou onvoorwaardelik liefhet. Soos die liefde tussen haar en Anumander Krolin. 'n Liefde so suiwer en mooi, amper mooier as 'n sonsondergang in die Moordenaarskaroo.

Aandete bestaan uit 'n oondgebakte wildsboudjie, soetpatats, groenbone, rys en 'n lang sous. Soos altyd verlustig Anumander hom in Sofie se kookvernuf. Hy lek letterlik sy vingers af, smak sy lippe. Dan loer hy onderlangs na Sofie. "Souskluitjies in kaneelsous vir nagereg, Sofie? Is ek reg?"

"Ja, toe, jy! Jy weet té veel, Anumander Krolin. Gans te veel. Kom skep vir julle in …"

Later, elk met 'n beker boeretroos in die hand, vloei daar 'n rustigheid tussen die drie mense met liefde in hul harte vir mekaar.

Die stilte van die Karoo lê amper tasbaar. Selfs die volmaan wat stadig opkom in die ooste, doen dit stilletjies. Geleidelik word die donker nag ligter, die

107

velde meer sigbaar. Ook die koppe staan uit in hul silhouette- mondering, wat net 'n volmaan kan verskaf.

"Jammer ek steur die atmosfeer, Anumander, maar Stephanie sê niks, vra ook niks ... Maar ou Sofie moet weet. Wanneer beplan jy om weer terug te vlieg."

"Jy steur nie, Sofie, ek wou al met julle praat, maar die wete dat daar 'n klein Krolintjie op pad is, het planne gewysig. Ek gaan nou vir eers bly, tot die baba groter is. Stephanie, jy is nou amper ses maande in jou verwagting tyd in, ek het nou so gedink ... Wanneer jy en die baba 'n volle sewe maande is, kom julle saam Dagobah toe.

"Daar is uitstekende ginekoloë. Die hospitale is van die beste en my huis is loopafstand van die Dagobah hoof-hospitaal. Julle twee sal dit geniet om my planeet te ervaar. Wat sê jy, Stephanie? Sofie? Ou Velskoen en die ander werkers kan seker vir 'n tyd alleen regkom."

'n Lang stilte volg na Anumander se onverwagte aankondiging. "Anumander, is jy nou ernstig? Ek kan nie Sandvlakte op sy eie los nie ... Ou Velskoen en ook die ander werkers is by magte om die plaas te bestuur, dié weet ek, maar om darem so lank weg te gaan, Anumander, dit is nie haalbaar nie."

Stephanie sluk aan die knop in haar keel. "Ek kan nie!" Met haar gesig in haar hande, sagte snikke wat haar tenger liggaam laat ruk, voel Stephanie die bekende moederlike arm om haar skouers.

"Stephanie my poplap ..." Sofie druk haar saggies teen haar vas. "Gaan, my kind, ek sal bly. Daar sal ander geleenthede wees vir my om Anumander se planeet te besoek. Gaan, hier is ons baie ver van ginekoloë en ordentlike hospitale af, jy weet dit tog. Enigiets kan gebeur. By die kapteintjie sal jý en die babatjie veilig wees."

Ook Anumander troos vir 'n vale. "Dit is 'n goeie plan, Steph, ons sal gou weer terugkom Sandvlakte toe, en met Sofie hier, kan jy heeltemal gerus wees. Dink daaroor, dit is darem nou nie of ons môre gaan vertrek nie."

'n Ongekende rusteloosheid kom oor Stephanie. 'n Intense gevoel van swaarmoedigheid oorweldig haar met tye. Ook die baba is rusteloos, skop meer as gewoonlik, soveel so dat Stephanie, op en neer loop.

"Wat is fout, my kind? Jy moet nie nou staan en siek word nie, julle vertrek oor twee weke ..."

"Iets is nie reg nie, Sofie, ek bedoel nou nié iets is drasties verkeerd nie ... Iets voel net anderster. Jy ken mos daardie liedjie: swaar dra al aan die een kant, swaar dra ... Ek dink ek moet maar 'n afspraak maak by dok Johan. Wat dink jy, Sofie? Sal jy asseblief saamgaan, Anumander kan mos nou nie. Ek wens ons kon openlik in die publiek verskyn, die wegstekery en rondsluipery maak my op, gedaan, kaput ..."

Die ondersoek asook die sonar neem net 'n paar minute. Steeds voel Stephanie kriewelrig, ook nou nie regtig 'n kriewelrigheid soos asof miere in jou broek loop nie nie ... Eerder 'n ongekende ongemak.

Klaar aangetrek, kom sit Stephanie langs Sofie, waar dié, voor dok Johan se swarthoutlessenaar sit.

"Ek het ewe skielik 'n soort van vreugde, gemeng met 'n benoudheid, Sofie ..."

Stephanie slaag 'n sug van verligting toe dok Johan inkom en agter sy lessenaar inskuif. Hy roep Stephanie se profiel op, sit vir 'n sekonde verdiep in die beeld van die sonar op die rekenaarskerm ...

"Nou tóé, kom kyk hier op die sonarfoto, Stephanie. Kom jy ook, Sofie. Vertel my nou, wat sien julle?"

Altwee staar na die sonarbeeld op die rekenaar se skerm. Stephanie trek haar asem diep in, blaas dan stadig uit. "Ek kan dit nie glo nie, maar kyk! Dit is mos twéé babatjies!"

Dok Johan glimlag, tik met sy pen op die foto. "Kyk mooi, die tweetjies lê teenmekaar. Dit is 'n boetie en 'n sussie. Baie geluk, Stephanie ... Julle al drie is blakend gesond, kry asseblief dié voorskrif se pilletjies by ons apteek. Neem soos voorgeskryf. Weet dat ek altyd, enige tyd beskikbaar is indien julle my benodig." Met dié woorde, hang dok Johan die stetoskoop om sy nek, trek sy wit doktersjas reg. Met 'n glimlag op sy gesig, trek hy sy spreekkamer se deur agter hom toe.

Tyd snel verby. Té vinnig, té gou is dit vertrektyd na Dagobah. Vir Anumander, sy huis, sy wêreld. Vir Stephanie, die ongekende en onbekende.

"Vee af die trane, Sofie, voor jy kan sê "snap" is ons weer terug op Sandvlakte."

Soos altyd maar, is afskeid neem swaar, bitter swaar. Van toendertyd af. Trane loop. Emosies word fyn gekerf, gemaal tot op die been.

Op Sandvlakte speel drie soorte emosies teenmekaar af.

So 'n paar treë van die ruimtetuig af, in die yl skadu van 'n amper verdorde witpeerboom, leunend op sy kierie, staan ou Velskoen. Sy eie emosie kan gesien word in die kort-kort se gesnuiwery, hoe hy sy ou velthoed opfrommel in sy hande wat van harde werk getuig. Ook oudword hande.

Van Anumander en Stephanie se kant, emosies van vreugde, opgewondenheid ... Van Sofie se kant, hartseer, onsekerheid. Dan die banggeite wat aan haar maagwand skawe. Opkruip, haar keel toedruk. Haar laat sug ...

'n Mengelmoes van emosies. Sou 'n mens kón, sou dit tien teen een, die regte ding gewees het, om al die emosies bymekaar te maak, dit dan in 'n papierkardoes te pak. Weg te bêre. Tot later ... Tot heelwat later, waar later nie meer saak maak nie ...

Geluidloos skuif die ruimtetuig se deure toe. Sofie snuif nog die verdriet weg, toe is die tuig al ver uit die oog, die ruimte in. Net die stilte van Sandvlakte se se vaalgroen bossievlaktes suis in die omtes ...

"Kom, Velskoen, dit sal nie help om in die lug in te bly staar nie. Dit gaan nié die ruimtetuig maak omdraai nie. Ek gaan maak koffie, dit is al wat my nou kan kalmeer. Nou sal ons, wat agterbly, ons beste moet bring. Sandvlakte is nou ons "calamity". Ons sal alles deursien, tot daardie ruimtetuig met Anumander, Stephanie en die babatjies weer op vaste grond is ... Nié grond van daar ver weg tussen die sterre nie, maar egte regte grond van die

Moordenaarskaroo. Sandvlakte se grond. Kom, jong, kry lewe in daardie slap geraamte van jou."

Koponderstebo, met skouers vorentoe gebuig asof 'n sterk noordewind hulle terugdruk in hul spore, stap Sofie en Velskoen opstal se kant toe. Selfs Sandvlakte se opstal is stil in die vroeë skemerte, so ook die Dormers se blêr.

In die klipkraal naby die huis, klink daar net hier en daar die benoude geblêr van 'n aan-die-slaap Dormerlam, wat skielik besef sy ma staan 'n entjie weg.

Iewers in die rante met hul boggels wat uitreik na die onbekende heelal, kerm-tjank 'n bakoorjakkals sy eie verdriet uit. Die lang uitgerekte gekerm is so intens en hartseer, selfs die grys veldkorhaan roep skielik hees en aangedaan na sy lewensmaat.

"Hoor net, ou Velskoen, selfs die diere kerm vanaand hulle hartseer uit. Ook vir hulle sit die weggaan van Stephanie nie mooi in hul wesens nie. Kom, vat jou koffie aan, hier is beskuit ook."

Sofie proe-proe aan haar koffie, skud haar kop. "Magtig, tot die koffie is so bitter soos bitterals. Ons moet bid, Velskoen, dat alles goed afloop. Dat hulle spoedig sal terugkeer. Ai, ek weet darem nie, daardie Dagobah is alte ver. Hoekom sou ek so 'n knoop in my nersderm voel?"

Sofie gooi nóg drie teelepels suiker in haar koffie, roer dit om en om, terwyl haar gedagtes bly vassteek by die prentjie van die sonar op die rekenaarskerm van dok Johan. Sy klem haar hande bak om die koffiebeker, sug, leun dan terug teen die witgeverfde kombuisstoel.

Hoofstuk 10

Duisende der duisende kilometers van die Aarde en Sandvlakte af

"Wakker word, my geliefde. Ons is so te sê tuis. Dagobah, jou nuwe tuiste, vir solank jý natuurlik wil. Onthou, Steph, Sandvlakte is ook ons tuiste. Kyk effe regs voor jou, ons nader nou Dagobah se landings- aria, heelwat ruimtetuie is besig om te land, ek dink jy sal dit interessant vind. Ek gaan nou spoed verminder, hou die landskap dop. Ek dink nie jy het al mooier gesien nie ... behalwe natuurlik Sandvlakte." Anumander kyk met 'n glinstering in sy oë na Stephanie. "Het jy al sulke intense groen aanskou? Dagobah is alom bekend in verskeie sterrestelsels, as die groenste planeet."

Stephanie kyk in verwondering na die verskeidenheid van ruimtetuie in alle groottes denkbaar, wat een na die ander land. Verskeie skakerings van groen hou haar oë gevange. Laat haar in absolute verwondering. "Dit is só anders hier as op Sandvlakte, Anumander."

Hy krap haar blonde kuif deurmekaar, trek aan haar poniestert wat oor haar skouer hang, plant dan 'n soentjie op haar kroontjie. "Ons land binne 'n paar sekondes, Yacub staan gereed om ons na ons huis te neem."

So sag is die landing, Stephanie kom dit eers agter wanneer die tuig se deure geruisloos oopskuif. Anumander neem haar arm, lei haar na die trappe. Sy hart juig. Wat meer kan ek vra. Stephanie en ons twee babas is op Dagobah, my mees geliefde plek. My geboorteplek. My huis. Sy gedagtes spreek hy nie hard uit nie. Vir eers, vertroetel hy sy gedagte in sy hart.

Hy kyk met tevredenheid in sy blou oë hoe 'n paar personeellede in wit glinsterende oorpakke, skarrel om 'n buis gemaak van 'n deursigtige materiaal en tot teenaan die tuig se ingang te bring. Met Anumander se arm styf om haar middellyf, betree hulle die buis. Sekondes verloop vóór Stephanie besef hulle sweef tot in die lughawegebou. Sag soos 'n veer word hulle neergelaat.

Stephanie, nou sigbaar hoog swanger, kan nie haar oë glo nie. Sy staar in verwondering rond. Nog nooit, het sy soveel netheid en weelderigheid gesien nie. "Anumander, die lughawegebou hierbinne lyk soos iets uit 'n sprokiesboek. Ek is stomgeslaan! As die lughawe só lyk, kan ek my indink hoe lyk die res van die planeet ... Asemrowend mooi. Droom ek?"

"Nee, my liefste, jy droom nie, ons is ligjare vooruit. Die Aarde is mooi, 'n anderse mooi, dit is hoekom ons eksperimenteer. Maar ek kan jou dit plegtig belowe, ons sal nóóit aan die skoonheid van die Karoo peuter nie. Maar kom, daar staan Yacub, as sy ore nie daar was nie, het sy glimlag reg rondom sy kop gegaan ..."

Stephanie staar verbaas na die lenige man in sy donkerblou en maroen uniform. Dié sit soos handskoen aan sy lenige lyf. Die rangtekens op sy skouers vertel dan ook dat hy, wat Yacub is, baie hoog op die leer van Dagobah se weermag is.

Met 'n glimlag kyk sy hoe hy met uitgestrekte arms na hulle aangeloop kom, eintlik ... aangehardloop kom. 'n Spiertjie trek om Stephanie se mondhoeke.

"Liefen loven, maar ek is verheug om jou weer te sien, Stephanie." Hy hou haar 'n armlengte van hom af, kyk goedkeurend na haar. "Jy is mooier as wat ek kan onthou. En noudat ek sien julle twee gaan ouers word, is jy nog mooier. Baie geluk!"

Die dae en weke op planeet Dagobah voel vir Stephanie asof dit een lang, uiters luukse vakansie is. Nié waaraan sy gewoond is nie.

'n Rustelose gevoel kriewel soos rooimiere in haar gedagtegang. Sy dink aan Sandvlakte, Ounooi, die Dormers en alles wat leef en beef, tot die inwoners van die Karoo se dowwe groen bossievlaktes, pofadders, skerpioene en gekko's, laat 'n blinkheid in haar oë.

Tyd bly vir Stephanie 'n groot probleem. Om te bepaal of dit twaalfuur in die dag, of twaalfuur in die nag is, dié kan sy na twee en 'n halwe maand op die planeet, nog nie mooi bymekaar bring nie.

Die planeet is nooit in 'n nagswart fluweeldonkerte gehul nie. Nie soos op die Aarde, wanneer die son ondergegaan en daar 'n rustige gevoel van vrede oor die vlaktes gaan lê nie. Op Dagobah is daar nie 'n sonsopkoms óf 'n sonsondergang nie ... Intense sterbelaaide nagte soos net die Karoo kan hê, is ook nie hier op Dagobah te sien nie ... want hier is geen sterre nie. Slegs twee mane, wat flouerig hulle bleek strale oor die landskap vee wanneer dit hulle tyd is vir ligmaak

Een middag laterig, met Dagobah se twee sonne al skuinsweg getilt agter 'n kleinerige planeet, stap Stephanie in die enorme tuin van haar en Anumander se pragtige huis. Eerder 'n luukse villa, sou dit op die Aarde gewees het. Met 'n sug, wat trek van Dagobah tot in die vlaktes van Sandvlakte wat sy so lief het, gaan sit Stephanie op 'n bankie. Gekoester deur plante met enorme wit blomme, soortgelyk aan varkore, net baie groter. Voëltjies, wat haar herinner aan suikerbekkies, duik in en uit die groot kelke, bekkies druppend van nektar.

Bye, baie groter as die Karoo se bye, zoem van blom tot blom. Soos Anumander verduidelik het, deel van 'n eksperiment. Stephanie verwonder haar ook aan die veelkleurige skoenlappers ... Dît maak van die tuin 'n woelige en kleurvolle plek.

"Hou jy, van wat jy sien, Stephanie?" Stadig stap Yacub na Stephanie, gaan staan reg voor haar, sodat sy verplig is om op te kyk na hom.

"Staan opsy, Yacub, jy blok al die lig wat nog oor is. Ek is net só moeg vir die alewige skemerte. Ek verlang na Sandvlakte, Yacub. Die sonskyn op my vel, die wind in my hare ..."

"Dis darem nie áltyd skemer nie, Stephanie, net wanneer Dagobah se sonne tilt agter die buurplaneet, dan is ons in die skaduwee van Pluto. Ek weet dit is nou nie die son van die Karoo nie ... Sê my, is jy ooit gelukkig hier? Jy weet jy kan met my praat, ek is hier vir jou."

"Ek ís gelukkig hier. Dit is net ... Ag, los eerder, Yacub, ek kan nie met jou oor my gevoelens praat nie, eintlik met niemand nie. Ook nie met Anumander nie. Ek is 'n aardling, 'n kind van die Karoo, die Moordenaars, om meer spesifiek te wees. Dít is mý wêreld ... Dagobah is julle wêreld, ek sal nooit deel wees nie. Ons wêrelde is net té verskillend." Vir 'n paar minute is dit doodstil tussen hulle. "Yacub, ek verlang my dood na my mense."

Yacub kom sit langs Stephanie, vou haar hande in syne toe. "Ek verstaan beter as wat jy dink, Stephanie. Praat met Anumander, hy sal verstaan."

Wéér is daar 'n stilte. Yacub sien die blink van ongestorte trane in Stephanie se oë. Sy hart gaan uit na haar, maar hy weet ook dat hy moet wegtree uit die situasie. Vir 'n hele paar weke weet hy al van Stephanie se ongelukkigheid, nóg tot nou toe, het hy nie die moed gehad om haar te konfronteer nie. Hy wil ook nie met Anumander praat nie, dié is immers hulle besigheid. Maar tóg dra hy Stephanie se belange op die hart.

Skielik voel hy hoe haar hand krampagtig saamtrek. "Iets verkeerd?" Hy kyk skuinsweg na haar, sien effe van 'n vrees in haar oë

"Yacub, is dié bye giftig? Want hulle is gróót! Baie groter as waaraan ek gewoond is ... "

"Ek weet eerlik waar nie, ons het Karoo-bye en hul larwes hiernatoe gebring, en hier geteel. Dit is nog in die eksperimentele fase. Ek dink alle bye is seker giftig vir 'n mens wat allergies is vir bysteek, hoekom vra jy. "

"Ék is allergies, Yacub ... Ek is sopas gesteek! Ek het géén medikasie hier nie, nie gedink dit gaan nodig wees op Dagobah nie ..."

Dié woorde van Stephanie bring 'n onrustigheid oor Yacub. Hy weet dat daar nog nie genoeg navorsing gedoen is omtrent allergieë nie. Die program om groter bye te teel, is nog nie voltooi nie. Sover, was dit nie nodig nie, want die inwoners van Dagobah kom glad nie in aanraking met die teelprogram nie. Nié Anumander, óf hy, het voorsiening gemaak vir kuiergaste uit 'n ander wêreld nie.

Tot Yacub se ontsteltenis, voel hy hoe Stephanie se vingers greep op syne verloor. Met 'n geoefende oog, sien hy hoe Stephanie se lippe van roospienk na 'n blouvaal verkleur. "Kom, Stephanie, raak rustig, hoe meer angstig jy word, hoe slegter gaan jy voel. Ek is hier, daar gaan niks met jou gebeur nie ..."

Terselfdertyd, tik hy op sy sender teen sy regterskouer. "Kaptein Krolin, kom in ... kaptein Krolin ... Ek het 'n noodgeval hier by my! Een van die teelbye het Stephanie gesteek. Sy toon tekens van ernstige

119

allergie. Ek vat haar dadelik na die hoof-hospitaal. Kom so gou moontlik ..."

Waar Anumander met een van die lugmag se offisiere praat, hoor hy Yacub se stem in sy oor. Hy hoor ook 'n toon in sy stem wat hom koud laat van kop tot tone. "Ek is op pad, Luitenant."

Die hoof-hospitaal is naby Anumander se huis, maar vir Yacub voel dit soos ligjare vóór hy met sy ruimtetuig op die hospitaal se landings-aria neerdaal. Alles gebeur in 'n bestek van minder as twee minute. Met kommer op sy gesig, staan Yacub opsy. Dokters en verpleegpersoneel skarrel behoorlik rond om Stephanie te akkommodeer. Hulle taak is om Stefanie te red van die gif wat haar nou in anafilaktiese skok laat beland het.

Uit die hoek van sy oog sien hy vir Anumander. Dié is besig om met 'n dokter te praat. Kommer duidelik te sien aan die diep gekeepte lyne om sy mond. Hy sien hoe die dokter probeer om haar toestand te verduidelik, máár duidelik sonder sukses ...

Die dokter krap effe kop. 'n Dagobahner is een ding, maar 'n aardling is effens 'n perd van 'n ander kleur, óf dalk 'n planeet van 'n ander kleur ... Die Dagobahners se medici is slim en uitstekend in hulle kennis en werk, máár 'n aardling se funksies van die liggaam is só effe anders as dié van 'n Dagobahner. Al lyk hulle presies soos die aardbewoners, is daar dinge wat die dokters net nie verstaan nie...

Intussen, beweeg Stephanie al hoe nader na die donker dieptes van 'n koma ...

Anumander is rasend van bekommernis. "Iewers móét iemand iets kan doen. Hoe kon ons die gevaar van 'n allergiese reaksie vir by-gif agterweë gelaat het? Die hele gedoente is my skuld ..."

"Stephanie en die babas is vir nou nog veilig. Die dokters en spesialiste beraadslaag. Hulle sál met 'n oplossing kom. Moenie jouself kruisig oor die bye nie, Kaptein. Niemand kon voorsien dat iemand van Aarde hier na Dagobah sou kom nie." Yacub vee die sweet uit sy oë, want nou is die lugversorging in Stephanie se kamer ondraaglik warm.

Skielik en onverwags word die stilte in die kamer verbreek deur piepende monitors. 'n 'Kode Blou' soortgelyk aan dié van hospitale op Aarde ... Dokters, asook verpleegpersoneel skarrel rond.

Wat vir Anumander en Yacub soos ure voel, kom een van die dokters na hulle aangestap waar hulle in 'n wag gedeelte van die noodeenheid sit.

"Kaptein Krolin, ek is dokter Seimwha, hoof van die noodeenheid. Ons is radeloos op die oomblik, ons kennis van aardlinge in dié toestand, slaan ons dronk. Maar weet, ons werk met spoed aan 'n oplossing. Die moeder en babas is vir nou veilig, maar as ons nie gou met veilige medikasie vorendag kom nie ... Maar ons sál, kaptein Krolin, glo my ons sál."

"Wat bedoel jy met 'vir nou is hulle veilig', dr Seimwha? Hoeveel tyd?"

"'n Paar dae, by benadering, kaptein Krolin. Ons sal voor daardie tyd definitief medikasie gereed hê. Moeder en die babas is in goeie hande. Ons kyk mooi na hulle."

Anumander kyk die dokter agterna. Hy sien hom nie werklik raak nie, sy kop is vol van kommer. Hy gaan sit langs Yacub, kyk vir 'n oomblik na sy vriend. Hy sien ook die kommer op sy gesig.

Van pure uitputting, vat-vat die slaap aan Yacub. Hy droom van gelukkige dae op Dagobah, sy loopbaan, sy vrou en kind wat in 'n ongeluk oorlede is. Sy dagdroom vat hom na Sandvlakte. Daar in die Karoo waar hulle soveel navorsing gedoen het. Vir hom het Sandvlakte twee bekoringe. Die nimmereindigende vlaktes én Stephanie ... Die mooi gouehart aardling, vir wie hy soveel bewondering het.

Verward skrik Yacub uit sy dagdroom wakker. Vir 'n oomblik is hy nog in sy droom op Sandvlakte. Hy kyk hy na Anumander, wat letterlik met sy hande in sy hare sit. "Kaptein, ek het die oplossing! Hoekom ek nie lankal hieraan gedink het nie, gaan my verstand nou te bowe ..."

"Waarvan praat jy, Yacub, watse oplossing?"

"Al hoe ons Stephanie en die kleintjies kan red, is om Aarde toe te gaan. Ons moet Stephanie se dokter gaan haal. Hy sal weet wat om te doen."

"Luitenant, ek het altyd gedink jy is briljant, maar nou wéét ek. Toe weg is jy, gaan Sandvlakte toe. Jy sal vir Sofie nou moet vertel van Stephanie se toestand, sy sal weet wat om te doen. Tóé, Yacub, wat staan jy nog só? Weg is jy!" Anumander slaag 'n sug van verligting, want hy wéét diep in sy hart dat Yacub se plan, die regte een is. Nou is dit net wag ...

Yacub se terugkeer na Sandvlakte verloop volgens plan, tot waar hy Sandvlakte se huis op sy monitors waarneem. Yacub is so vasgevang in sy plan om Stephanie en die babas te red, dat hy heeltemal vergeet om die net, wat die tuig onsigbaar maak, te aktiveer. Dié petalje, veroorsaak amper 'n katastrofe ...

Hoofstuk 11

Die oggend breek wonderskoon aan. Net soos die Moordenaarskaroo kán. Oral steek sprietjies groen uit al wat 'n struik, bossie en boom is. Nuwe groei, uit Sy hand. Die genade lê wyd oor Sandvlakte. Die genade, maak dit ook makliker vir Sofie en ou Velskoen. Ook vir die Dormers. Laat lente, se lammeroes, is om die minste te sê, 'n enorme sukses. So ver as wat die oog kan kyk, tussen die trop in, pomp Dormertjies hul ma's vir druppels heilsame biesmelk. Stertjies swiepend van lekkerte.

Die aanwas onder die koeie is ook uiters skaflik. Nét verskalwers word gebore. Geen bulletjies nie. Amper soos destyds. Met Jakop van die Bybel ...

Net hier op Sandvlakte, is daar nie boombas gevleg en in die drinktrôe gegooi nie. Natuurlik was die boombas 'n opdrag van die groot Gewer ...

Tóé was genade bont kleinvee, nou is genade versies, en geen bulletjies nie.

Al met die voetpaadjie langs, kom Sofie en Kolle aangestap. Die eier-mandjie stewig aan die handvatsel vasgevat. Die intense verlange na Stephanie laat haar skouers hang, ten spyte van die mooi buite. "Kolle, wat op deeske aarde gaan met jou aan? Jy spring soos 'n donkie met 'n smeersel terpentyn onder sy stert ..."

Die vraag aan Kolle was nog nie behoorlik uit nie, of 'n skaduwee val oor hulle. 'n Enorme skaduwee, wat die afstand tot by die kliphuis bedek. "Wat op aarde?" Sofie staar in ongeloof na die ruimtetuig wat geluidloos 'n end voor haar neerstryk.

Daar is geen denke aan Anumander óf wat sy wéét nie. Sofie skrik haar amper in 'n stupor in, duik letterlik agter 'n baie groot klip in. Beland handeviervoet tussen 'n paar bosse geel en wit magrietjies, wat vir versiering rondom die klip geplant is. Sy behou darem haar ewewig, so met haar stêre in die lug, terwyl Kolle opgewonde blaf en in die rondte draai. "Sie, jy, Kolle, moenie staat en blaf nie! Maggies, kom hier, ek moet op jou druk ... anders bly ek so staan! Wat sou die gedoente nou so vinnig hier by ons kom soek?"

So handeviervoet, met haar stêre in die lug, hoor Sofie 'n baie bekende stem. Vir 'n sekonde of twee, dring dit nie tot haar deur nie. Die skrik is net nog nie uit haar nie ...

"Yacub, mens ... Kom hier, nou dadelik! Kom help vir Sofie! Hoekom land jy amper bo op my? Mannetjie, as ek jou in die hande kry, waai jou gatvelle, a nee, a!"

Ook ou Velskoen het die ruimtetuig gewaar waar hy besig was om vir Ounooi te roskam. "Nou, wat de gonna? Ounooi, hier kom moeilikheid. Staat jy nou eenkant toe, ou Velskoen gaan eers kyk."

So te sê amper gelyktydig kom Yacub asook ou Velskoen by Sofie aan. Dit is 'n gespook van epidermiese proporsies om Sofie regop te kry, só met Kolle wat al teen Yacub se bene opspring.

Na daar gegroet is en die ruimtetuig gekamoefleer is, stap al drie huis se kant toe. "Kom sit, ek maak koffie. Velskoen, kry die blik beskuit. Yacub lyk altevol bleek om die kiewe, seker van hongerte. Óf wat sê ek nou alles? Vertel, Yacub, ek kan sien jy brand oor iets. Máár sê eers, hoe gaan dit met Stephanie en die babas? Én ook met Anumander?"

Yacub druk 'n stuk boerbeskuit in sy koffie, vat 'n hap, dan drink hy gulsig aan die moerkoffie. Met presiesheid, vertel hy die hele verhaal rondom Stephanie en die byegif. Maar oor Stephanie se ongelukkigheid daar op Dagobah, bly hy tjoepstil.

"Yacub, ek gaan nou nie baie vrae nie. Ek gaan nou dadelik saam met ou Velskoen dorp toe ry. Dan gaan ek vir dr Johan Elfin alles vertel. Die ou twak moet maar net 'n paar goedjies in 'n sak gooi en sy dokterstas gryp. Hoe vinniger ons hier wegkom, hoe beter ... Jy besef seker ék, wat Sofie is, gaan saam met Yacub, niks op aarde gaan my hier hou nie.

"Ou Velskoen, jy sal maar móét regstaan hier op Sandvlakte. Nou toe, kom, weg is ons! Vir baie praat is daar nie nou tyd nie. Daar is kosbare lewens op die spel."

In 'n rekordtyd, dit is nou met die ou Land Rover, ry Sofie en ou Velskoen tot reg voor die spreekkamers. Sonder om die deur van die Land Rover toe te maak, stap Sofie driftig tot by ontvangs. "Sustertjie, roep vir dok Elfin, dié is 'n saak van lewe en dood ..."

Waar Johan Elfin agter sy lessenaar sit, hoor hy dringendheid in Sofie stem. Hy kom al 'n baie lang pad met die mense van Sandvlakte. Hy ken hulle lief en hulle leed. Hul lag en huil ... Vinnig staan hy op, vra die pasiënt waarmee hy besig is, om net 'n oomblik te wag.

Vanwaar hy Sofie uit die kort gangetjie kan sien, sien hy kommer oor haar hele wese geskryf. Net die kyk in Sofie se oë vertel al klaar vir hom dat iemand dringend hulp nodig het. "Sofie, waarmee help ek?"

"Kom, Dok, gryp jou dokterstas en kom. Dit is 'n saak van lewe en dood, ons kan nie 'n minuut mors nie." Sofie begin sommer aanstap na die spreekkamer se deur.

"Wag net 'n oomblik, Sofie. Ek moet weet wat aangaan, sodat ek die regte medikasie, ensovoort kan vat. Wie is siek?"

"Dis Stephanie, jy sal moet saamkom. Sy is nie op Sandvlakte nie, sy is ver, baie ver."

"Hoe bedoel jy 'ver'?"

Daar is geen antwoord terug nie, want Sofie is al by die deur uit. "Suster Nortje, die voorskrif vir meneer Uys lê op my lessenaar. Help hom verder, sorg dat hy die voorskrif by die apteek ingee en sy medikasie kry. My ander afsprake vir vandag, her-skeduleer dit, ek sal laat weet tot wanneer... Maar vir nou, is ek op pad na Sandvlakte toe."

"Ry saam met ons, Dok, los jou kar, daar is wraggies nie tyd om te verloor nie."

Skaars het dok Elfin die Land Rover se deur toe, óf ou Velskoen laat die bande grou in die gruispad.

Drie voor in die Land Rover, sit knap. Die spoed waarmee ou Velskoen pad vat na Sandvlakte, sit nóg knapper om die borskas "Hygend hert, Velskoen, stadig nou! Help nou nie om ons kom met verswikte binnekante op Sandvlakte aan nie." Sofie en dok Elfin skommel heen en weer soos Velskoen die slaggate in die pad probeer vermy.

"Sofie, wat de dinges is aan die gang? Wat het jy bedoel met Stephanie is ver? Waar is ver? Praat Sofie!" 'n Ongeduldige noot in dok Elfin se stem, laat Sofie sluk.

"Dok, jy sal sien as ons op Sandvlakte kom, maak jou maar reg vir soortvan 'n skok. Dan, sal ek verduidelik ..."

Ou Velskoen parkeer die Land Rover reg langs die opstal, aan die suidekant, weg van die tuig. Altwee kyk vinnig in dié se rigting ... Niks is te siene nie, net die kwaai kalkoenmannetjie wat skop na iets, pronk dan vir 'n vale. Die vyf wyfies staan sku eenkant. Hoekom dié gedrag, sal net Sofie en ou Velskoen weet.

"Kom in, Dok, jy sal nou-nou weet wat aangaan. Gaan solank kombuis toe, ek kyk net gou waar Yacub is." Dok Elfin vind die naam vreemd, maar sprak geen sprook.

"Laat ek julle voorstel, maar maak dit gou, ons moet so vinnig moontlik in die pad val ... Ai, wat praat ek nou? Seker beter om te sê, in die lug in opstyg."

"Yacub, dié is dokter Johan Elfin, Stephanie se dokter. Hy is al van kleintyd af Stephanie se dokter. Maar ook vir die mense van Sandvlakte. Hy ken haar amper net so goed soos ek ... Dok, dié is Yacub

Chodoshi. Ek en jy gaan saam met hom Dagobah toe, dit is waar Stephanie is."

Dokter Johan Elfin staar sprakeloos verbaas na Yacub. Met die eerste oogopslag besef hy dat die jongman voor hom, nie van hier rond is nie. Met die tweede oogopslag, sien hy 'n jongman wat 'n groot indruk op hom maak ...

"Julle moet nou verduidelik, want ek verstaan nou glad nie wat aangaan nie, maar nie te min, aangename kennis, Yacub."

Ná Sofie én Yacub om die beurt, vir Johan Elfin verduidelik het, en hy die ruimtetuig met sy eie oë gesien het, draai hy sy rug op die ruimtetuig. Na 'n minuut, dalk minder, draai hy wéér om, kyk weer met verbasing na die tuig wat skitter in die Karooson, dan kyk hy na Yacub. "Nou toe, ou seun, laat ons weg wees. Sofie, kry jou goedjies bymekaar. Daar is drie lewens wat aandag verg."

"O genade, wag eers. Ek moet gou my vrou laat weet dat ek vir 'n paar dae óf wat weg sal wees, sy moet die fort maar hou tot ek weer terug is. Gelukkig, is sy gewoond daaraan dat ek op kort kennisgewing vertrek en 'n paar dae wegbly. Ek sal die 'hoekoms' en 'waaroms' verduidelik wanneer ons weer terug is. Sy sal ook nou vir suster Nortje moet laat weet om alle afsprake op ys te sit, tot verdere kennisgewing.

"Vir klere gaan haal is daar nie nou tyd nie, ek dink Dagobah se winkels behoort seer sekerlik in my behoeftes te kan voorsien. Kan ek asseblief julle foon gebruik, Sofie?"

Die vlug na Dagobah geskied sonder voorval. Asof dit so beplan is ... Johan Elfin staar in verbasing na dít wat in en om die ruimtetuig gebeur. Eers is hy wankelrig, soos wanneer mens op 'n boot is, maar soos hy gewoond raak aan die lugdruk, geniet hý en 'n spraaklose Sofie, die reis van etlike ligjare, wat dan ook amper in 'n oogwink verby is.

By die ingang van die Hoof-hospitaal, wag 'n angstige Anumander die drie reisigers in. Dadelik word hulle deur hospitaalpersoneel begelei na die eenheid waar Stephanie in 'n privaatkamer lê. By haar is dokter Seimwha en 'n paar ander interniste.

Toe Sofie vir Stephanie gewaar, is dit soos 'n stormwind, reg vanuit die vlaktes van die Moordenaarskaroo. Al wat 'n dokter is, kyk stomgeslaan na die potsierlike mens met die vlamrooi rok. Hare netjies versteek onder 'n pers kadotjie. Die heldergeel van haar tjalie, wat los om haar skouers gedrapeer is, maak dié prentjie nog net méér verstommend.

Stefanie probeer orent kom toe sy Sofie gewaar. "Sofie! Ag, my genade, wat soek jy hier? Dit is letterlik duisende en duisende en nogmaals duisende kilometers van Sandvlakte af. Dan val haar oog op dokter Johan Elfin. "Dok, wat gaan aan? Hoekom is jy ook hier?"

Haar oë dwaal na waar Anumander en Yacub staan. "Dit is julle doen en late, nè?" 'n Onoortuigende laggie ontsnap haar bleek lippe. Die opgewondenheid wat in Stephanie opborrel, begin sy tol eis. Die hartgrafiek op die monitor waaraan sy gekoppel, begin luidrugtig piep. Daardie kenbare geluid wat alle hospitaalpersoneel laat hardloop. 'n Kode Blou! Vir 'n tweede keer vandat Stephanie opgeneem is in Dagobah se nood afdeling.

Die interniste asook dokter Seimwha spring in aksie, reik na die noodtoerusting, om die noodtoestand te ontlont. Vir 'n sekonde, kyk almal na die dokter van Planeet Aarde. Die verbasing op hul gesigte spreek boekdele … Nog nooit in hul lewens het hulle so iets aanskou nie. 'n Aardling dokter wat vinniger as weerlig beweeg en boonop bevele uitdeel.

Binne minute ná dokter Johan Elfin vir Stephanie gestabiliseer het, stoot hulle haar die teater in. 'n Ongewone teater, nie naastenby soos die teaters waaraan Johan Elfin gewoond is nie. Ultramodern, as mens nou dié woord mag gebruik in Dagobah. Méér as net ultramodern. Eintlik sou die woord supermodern meer gepas wees. Óf Dagobah-modern …

Johan Elfin staan vir 'n paar sekondes botstil, maak sy oë toe. Dan bid hy hardop vir genade en hulp.

Hy kyk bekommerd na Stephanie wat baie bleek vertoon. Die groot lig bokant die die teaterbed is omtrent al wat Johan Elfin soortvan herken. Die lig lyk amper soos dié in hospitale op die Aarde. Net dié een draai om en om. 'n Robotagtige gedoente, wat in elke hoekie en gaatjie loer. Skerp en verblindend.

Dokter Seimwha raak aan dokter Elfin se skouer, hou 'n bril na hom uit. "Sit die bril op, Dokter, julle aardlinge sal nie die skerp lig vir lank kan uithou nie. Gaan voort, Dokter, ons volg met belangstelling."

Bo verwagting, oorleef Stephanie asook die tweeling, die delikate operasie. Die dokters van

Dagobah staan stom-verbaas. Volgens dr Seimwha, is dit 'n wonderwerk wat dokter Elfin vermag het. Máár, ongelukkig is daar ook 'n donkerkant, aan die teenoorgestelde kant van opgewondenheid. Johan Elfin is diep bekommerd. Vir eers hou hy die bekommernis vir homself. Máár, dan is daar Sofie Henger ... met die helm gebore, van ouma se kant af. Sofie weet, want sy 'lees' die bekommernis op Johan Elfin se gesig.

"Dok, wat vertel jy nié vir my nie ..."

"Ek weet nie, Sofie, iets is nie reg nie."

"Hoe bedoel jy nou, dok Elfin? Wat is nie reg nie?"

Sofie kyk met groot oë na Johan Elfin.

"Sofie, kom loop saam met my. Stephanie is nog slaperig van die narkose, sy sal eers later by haar selwers wees."

Onder 'n pragtige boom, maar totaal 'n onbekende spesie, gaan sit Sofie en dokter Elfin op 'n bankie neffens die ingang na die hospitaal.

Sofie voel hoe yskoue vingers haar hart omklem.

"Praat, jou praat, Dok ... Jy is mos hier, om my te help as die ou tiekker wil gaan loop staan, want ek wéét hier kom nou nuus wat ek nié wil hoor nie ..."

"Wat hulle aangevang het met die bye, weet ek nie. Anumander het tóg gesê dat dit Karoo-bye is. Die bye se gif is nou heeltemal anders as ons bye s'n. Dit is is erger as die gif van 'n Kaapse kobra of 'n pofadder. Sofie, ek het min hoop. Die volgende vier en twintig uur is belangrik, as dinge nie wil verbeter nie, gaan ek 'n keisersnit doen. Ek wil nie, máár ek sal móét. Stephanie en die kleintjies kry swaar."

132

"Dok, wil jy nou vir my loop sê dat Stephanie dit nie gaan maak nie ... Maar hoe dan nou?"

"Ek kan nie sê nie, Sofie, bid maar net."

"Dok Johan, jy móét iets kan doen ..."

Hoofstuk 12

'n Uur of wat later ...

Die tyd tik verby, kort-kort kyk Johan Elfin na sy horlosie. Vroeër, net ná hulle voet aan wal gesit het, by wyse van spreke, het hy sy horlosie volgens Dagobah tyd gestel.

Tyd op Dagobah, bly vir hom 'n volksvreemde gedoente. Die mane, asook die sonne van die planeet, die plantegroei én die dierelewe is vreemd. So ook die mense. Vriendelik, maar ook nie regtig nie. Nie soos hulle gewoond is aan die gasvryheid van die Karoo se mense nie ... Hulle, dis nou die Dagobahners, is eerder behoedsaam, sku. Al lyk die Dagobahners, net soos die mense van die Aarde.

Johan Elfin skrik effe uit sy gedagtes toe Anumander en Yakub langs hom kom staan. "Hoe lyk dit, Dokter, is daar 'n verbetering in haar toestand?"

"Nee, daar is geen verbetering nie, inteendeel ... Ek gaan gereedmaak vir 'n keisersnit. Ek veronderstel julle twee weet wat die die prosedure beteken? Die babas en Stephanie jaag nou my bekommernis in 'n hoek. Die hoek sê duidelik, keiser. Dit sal ook beter vir Stephanie wees, haar liggaam kan dan rus en herstel.

"Anumander, jy is mos betrokke by die eksperimente? Die byegif, wat het julle gedoen met die bylarwes, asook die jongbye? Want die gif wat die bye tans in hul gifsakkies het, is nie meer byegif nie. Dié gif is sterker as die gif van 'n gifslang in die Moordenaarskaroo. Wat het julle aangevang?"

"Ons is nog besig met eksperimente rondom die bye, Dokter. Iets het verkeerd geloop, en ék, het geen idee wat nie. Ons was so versigtig. Dit is asof die larwes en die jongbye heeltemal die klits kwyt geraak het. Al wat ons kan doen, is om die eksperiment te kelder. Ons sal daardie klompie bye en die larwes vernietig. Ek voel verskriklik, dit is ook indirek my skuld dat Stephanie so siek is."

"Nee, dit is nie jou skuld nie." Yacub sit sy hand op Anumander se arm. "Jy kon nie voorsien dat Stephanie, Dagobah toe sou kom nie. Hierdie, is onvoorsiene omstandighede. Dok, as paramedikus stem ek saam, doen die keisersnit, so gou moontlik. Dit kan vir Stephanie asook die babas net goed doen. Hulle is nou groot genoeg. Die longetjies kan al self funksioneer. As ek reg is, is daar 'n week oor. Wat sê jy, Anumander?"

"As julle altwee so dink, dat dit goed is vir Stephanie en die babas, gee ek my toestemming, dokter Johan."

Die tyd staan stil, óf so voel dit vir elke lid van die teaterspan, óók vir dokter Elfin. Met 'n stilhand, hou hy die skalpel bokant die plek waar hy moet sny ...

In die gedempte atmosfeer van die teater, met net die klank van die hart/longmasjien en die suurstofmonitors, bid hy vir Stephanie, die twee babas, ook vir homself. Hy bid ook vir sy span wat hom moet bystaan. "Vader, hou U my hand vas, ook dié van my span, asseblief. Ons kan dié, net met U hulp doen … Wees asseblief ook vir Stephanie en die babas genadig. In U dierbare naam. Amen."

Die span Dagobahners kyk verwonderd na mekaar. Hulle verstaan dan nou elke woord wat Johan Elfin bid. Tóg vind hulle dit vreemd. Want, hulle weet nie wat óns weet nie. Hulle ken nie vir God soos die Aarde se mense hom ken nie. Alhoewel hulle bewus is van 'n groot krag van iewers. 'n Krag, wat die sonne asook die mane, laat opkom en weer laat ondergaan. 'n Krag wat die winde bring. Die reën laat val …

In die teater raak die Dagobahaanse dokters en verpleegsters, intens bewus van dokter Johan Elfin se kragtige woorde. 'n Gebed, wat later, by hulle sal insink … Dié gebed sal groei in hulle harte, dan die vrugte afwerp.

Só was dit nou ook gewees in die verre verlede. Saad word gesaai, val dan in vrugbare en ontvangbare grond … Só word die Woord lewendig in almal se harte. Nou, ook in die harte van Dagobah se mense.

Twee minute na dokter Elfin die snit gemaak het, lig hy 'n volmaakte seuntjie met donker haartjies uit Stephanie se buik. Minder as 'n halfminuut later, maak sy sussie haar verskyning. 'n Dogtertjie met duidelike blonde donsies op haar koppie. Altwee babas skreeu dat die teater antwoord gee … As toegif op die babas se luide gehuil, sugte van verligting en blydskap.

"Alles reg, dokter Hiemram? Ek gaan die buik toemaak." Johan Elfin kyk vinnig na die narkotiseur, dié knik net ...

Dae en weke sleep traag verby. Stephanie, lê doodstil. Geen roering van enige aard nie. 'n Paar dae gelede het het dokter Elfin al wat 'n lewegewende pyp uit Stephanie se liggaam verwyder, met baie hoop. Nog net die suurstofpypie bly onder haar neus. Anumander loop onrustig op en af in Stephanie se kamer. "Hoekom kom sy nie by nie, wat sou fout wees?"

"Gee kans, ou seun, sy kan enige oomblik bykom. Onthou, haar liggaam is deur 'n geweldige trauma. Ék dink sy is gereed om by te kom. Wag julle net hier. Sofie, kom saam ..."

"Dok, as jy my so eenkant toe roep, is daar moeilikheid. Wat is dit nou weer? Nóg slegte nuus? Dié slag sal my ou tiekker dit nie maak nie. Hy sal sommer net gaan staan. Dokter Johan, ek kan dié dinge nie meer hanteer nie. Wat as ..."

"Bedaar, Sofie, daar is nie fout, óf slegte nuus nie. Ek en jy, gaan die babas haal. Haar babas gaan haar wakker maak, jy sal sien."

Elk met 'n styftoegedraaide baba, een in 'n pienk en een in 'n blou kombersie, kom twee trotse mense die kamer binne ... Só, asof hulle die grootouers van die tweetjies is. Anumander tree dadelik na vore, maar dok Johan wys hom om afstand te hou.

Hulle lê die kleintjies op Stephanie se bors neer. Albei staan aan weerskante van die bed, om te keer indien die kleintjies sou afrol ... juis met die wakkerword slag.

"Dié is my plan, Anumander. Ek vermoed dat Stephanie net onderkant die oppervlakte van daardie diepslaap rondhang. Sy móét net eenvoudig opkom en uitkom ..."

"Stephanie-kind, jy moet nou gehoor gee. Jou babas het jou broodnodig. Stephanie, kom nou, ounooi!" Sofie vee met 'n klam waslap oor Stephanie se voorkop. "Probeer, Stephanie, ons is hier vir jou. Anumander, kom, praat met haar, mens! Sy moet jou stem hoor. Jou stem, en die babas moet haar laat omdraai, van daar ver waar ons nie weet waar dit is nie. Stomme lieflike Stephanie ..."

Iewers waar die reënboog se kleure verweef is in sagte pastelkleure, kyk Stephanie af na waar sy op 'n spierwit hoë bed lê. Sy sien hoe spatsels lig soos donse om die twee klein figuurtjies, wat bo-op haar lê, draai en swaai ... Stadig en baie waaksaam beweeg sy nader ...

'n Stem dring tot Stephanie deur. 'n Stem vol deernis en liefde. "Gaan terug, Stephanie, jou babas het jou nodig vir nou. Almal rondom jou bed, het jou nodig."

Vir 'n oomblik, hang sy stil en verwonderd bokant haar bed. "My babas?" Die woorde kom fluisterend oor haar lippe.

"Ja, Stephanie, jou babas ... Gaan nou, Stephanie, Moenie langer talm nie ..."

Baie stadig fladder haar ooglede soos vlindervlerke. Dan, tot almal se verbasing en groot verligting gaan die blou oë oop. "Waar is my babas?"

Drie weke later

"Môre, Stephanie, Jy lyk definitief weer jou ouself. Hoe sal jy daarvan hou om huis toe te gaan? Die babas ook ..." Johan Elfin glimlag vir die verbaasde uitdrukking op Stephanie se gesig. "Jy kán natuurlik langer bly as jy wil. Maar ek dink jy is nou gesond genoeg."

"Natuurlik, wil ek. Nie een minuut langer as wat nodig is, wil ek hier bly nie. Kan ek jou met vertroue iets vertel, dok Johan?"

In Johan Elfin se enigheid, weet hy wat die ding is waaroor Stephanie wil praat. Sandvlakte ... Hyself, word ook nou haastig. Só ook Sofie. Sy sal dit egter nooit erken nie, maar in haar oë, kan hy duidelik die verlange sien groei.

"Praat gerus, Stephanie. As ek kan help, doen ek dit met liefde. Dit weet jy tog."

"Dok Johan, ek wil Sandvlakte toe. Dié lewe hier op Dagobah is goed, want Anumander is hier. Maar ek soek die vlaktes. Die son op my vel, die wind in my hare wanneer ek op Ounooi se rug, die vlaktes skeur. Sommer alles. Die Dormers, Kolle, ook ou Velskoen. Dok, praat met Anumander, ons kan vir 'n ruk teruggaan, ek móét net nou hier wegkom ...

"Sandvlakte, is die enigste plek waar ek myself weer gaan vind. Weer mens gaan word, ná die bye gedoente. Ek wil ook die plaas vir die tweeling gaan

139

wys. Waar hulle oupa en ouma lê. Waar ék groot geword het ... Dok Johan, jy verstaan mos, dan nie?"

"Ek verstaan, Stephanie, ek verstaan beter as wat jy dink. Nou wil ek jou weer iets vra, het jy en Anumander al besluit oor die tweeling se name?"

"Dit is ook hoekom ek wil teruggaan. Hulle moet gedoop word in die kerk. Hier is nie kerke op Dagobah nie. Ons het gepraat oor name. Anumander wil graag sy oorlede pa en ma vernoem. Dit is vir my goed so, ek stem daarmee saam. Al'lan, sy pa se naam en Jaznah, sy ma se naam. Ons sal ma Tillie en pa Eben se name byvoeg wanneer hulle in Merweville se kerk gedoop word ... Óf ek nou alleen voor die kansel gaan staan, óf nie, hulle moet gedoop word. Is ek reg of verkeerd, dok Johan?"

"Jy is reg, Stephanie. Laat die tweetjies hulle name hier ontvang, op die Dagobah manier. Anumander moet jou ook toelaat om die seremonie op óns manier te doen. Ek dink darem hy sal daarmee saamstem."

Daardie aand in Anumander en Stephanie se luukse huis, aan die voet van 'n heuwel naby die groot hospitaal, is daar blydskap. 'n Baie groot blydskap oor Stephanie se herstel, ook die tweeling se tuiskoms. Máár, ongelukkig het blydskap ook 'n donkerkant. Net soos die mane op Dagobah hulle donkerkant met tye wys en die planeet donker en spookagtig vertoon, so is Anumander se gemoed vol van beswaardheid en bekommernis.

Vrae waarmee hy worstel is konstant in sy kop. Vrae soos: Sal die tweeling sterk genoeg wees? En

Stephanie? Sal sy goed reageer op die vinnige reis terug Aarde toe. Haar immuunstelsel is nou eers besig is om weer aan te pas. Sal sy alles kan hanteer?

Later die aand in hulle luukse slaapkamer, nadat die tweeling versorg en aan die slaap is, deel Anumander sy kwellings met Stephanie. Net soos hy verwag het, protesteer sy hewig. Sy soen sy bekommernisse weg. Verseker hom dat sy heeltemal oor alles is. Sy sal mos weet, want dit is haar lyf... Hy moet haar net vertrou.

Sy vertel hom ook van haar liefde vir Sandvlakte. Haar opgewondenheid om weer die plaas se grond onder haar voete te voel. Die karoobossies se reuk in haar neus. Al pratende, in mekaar se arms, raak hulle altwee rustig. Bekommernisse is vir die oomblik verby. 'n Diep slaap oorval altwee.

Hoofstuk 13

'n Paar weke later ...

Vertrektyd terug Aarde toe, breek aan. Soos kinders altyd maar sal sê: Nog net ampertjies twee slapies.

Vir Stephanie loop die opgewondenheid hoog. Óók vir Sofie en dokter Johan.

Die laaste weke, en 'n paar dae op Dagobah, was 'n bedrywige tyd. Daar was Stephanie se siekte, die geboorte van die tweeling, óók die toewyding, óf invoeging soos die Dagobahners dit noem. Amper soos 'n boekhoustelsel ... Daar moet boekgehou word van elke troue, geboorte, elke siekte. Ook wie, wat en waar, in 'n hospitaal opgeneem word. Die redes volledig uiteengesit.

Op Aarde, sou net troues, geboortes en sterftes, in 'n lidmaatskapsregister aangeteken word. Maar, dan is Dagobah, mos Dagobah, 'n planeet tussen die sterre, met 'n ander stel reëls wat baie meer intens is. Al dié dinge word gevier met 'n seremonie ... Nie naastenby waaraan die aardbewoners gewoond is nie.

Só met al die bedrywighede, is daar amper soortvan 'n 'vergeet' meegebring van huis toe gaan. Maar nou, met die wete dat die tyd uiteindelik aangebreek het en die terugkeer 'n werklikheid is, is die opgewondenheid ekstra hoog.

"Jy lyk vir my bietjie afgemat, my lief, moet ons nie die vertrek nog 'n paar dae uitstel nie? Ek is bekommerd oor jou." Anumander sit sy arm om Stephanie se skouers waar hulle op 'n paar kussings voor 'n kontrepsie sit wat 'n mens herinner aan 'n kaggel.

"Ek is nou gesonder as vóór die bye my toegetakel het, my lief. Ek voel een honderd en tagtig persent gereed om terug te keer Sandvlakte toe. Hou nou op om so bekommerd te wees. Dok Johan sou in elk geval nie toegelaat het dat ek die vlug meemaak, as daar iewers fout was nie. Kom ons gaan loer by die tweeling in, dan gaan kruip ons in. Môre gaan 'n baie bedrywige dag wees."

In die laatnag ure, waar die mane van Dagobah hul gulhartige ligkant wys, word Anumander wakker. Sonder om Stephanie te steur, staan hy op, gaan loer by die tweeling se kamer in. "Julle tweetjies slaap nog heerlik, ek sal later julle bottels maak en vir julle bring." Hy druk 'n soen op sy vingerpunte, raak dan aan elke koppie ..." Ek is nou-nou weer hier, skattebolletjies" Saggies verlaat hy die kamer wat aan die hoofslaapkamer grens.

Ingedagte stap hy na die kombuis, mét die gedagte aan 'n lekker koppie koffie, saam met 'n paar van Sofie se beskuite. Sy gedagtes kring wyd om

Sofie. 'n Voorslag op Sandvlakte, maar nou ook hier op Dagobah. In die paar weke wat sy hier op die planeet is, het sy 'n hele paar vroue geleer beskuit bak. Om andere te leer, was nog altyd Sofie se heel beste eienskap ... Behalwe nou om mense te bedien met raat en daad.

Terwyl Anumander droomverlore in die kombuis sit en smul aan Sofie se beskuit, dink hy ook aan sy geliefde Stephanie. Die vrou wat hy lief het met sy hele wese. Sy oog val op die monitor wat die babakamer bedien. "Nou, toe, daar het jy dit nou! Die twee rakkers gaan nou-nou 'n keel opsit, ek beter klaar eet en so vinnig moontlik die bottels voorberei."

Na hy die tweeling versorg het, stap Anumander terug kamer toe. Saggies om Stephanie nie te steur nie, klim hy langs haar in. Saggies fluister hy in haar oor: "Stephanie liefling, slaap maar, die tweeling se pensies is vol, ook die doeke is omgeruil. Hulle slaap altwee weer." Liggies soen hy haar op haar voorkop ...

'n Voorkop, yskoud onder sy warm lippe ...

Met 'n hart wat tamboer in sy borskas, voel hy die pols in haar nek. Niks ... Net die koue vel onder sy vingers.

Vir 'n paar sekondes hou Anumander op met asemhaal. 'n Rou kreet skeur uit sy bors terwyl hy by die kamerdeur uitstorm. 'n Benoude geroep volg: "Dok Johan, kom dadelik! Sofie!"

Feitlik dadelik kom Johan Elfin én Sofie byna gelyktydig by die hoofslaapkamer se deur in. "Sit aan die lig, Anumander, die maan se lig is nie genoeg nie." Sofie hyg behoorlik. Die skrik loop krioelend in haar lyf rond. "Wat is nou verkeerd, Anumander-mens? Ek het my nou uit en in 'n ander wêreld in geskrik."

Net een kyk, en Johan Elfin weet, Stephanie is weg. Dié keer vir altyd.

Met sy professionaliteit as dokter, soos Johan Elfin áltyd maar in sy beroep optree, doen hy die nodige ondersoek. Na 'n paar minute, wat soos 'n ewigheid voel, hang hy die stetoskoop om sy nek. "Ek is jammer, Anumander, Sofie, Stephanie is in haar slaap oorlede. Dit moes al 'n hele ruk terug gebeur het. Rigor Mortis het al gedeeltelik begin ingetree. As ek moet sê, dalk drie tot vier ure ... Ek is só verskriklik jammer."

Die nuus omtrent Stephanie se afsterwe, versprei soos 'n veldbrand onder die Dagobahners. Anumander, is baie geliefd onder die bevolking, as 'n mens én ook as bevelvoerder van die planeet se weermag.

Vir Stephanie, het hulle dadelik aanvaar. Toe dit rigbaar word van die twee babatjies wat op pad is, het geskenkies letterlik ingestroom. Almal was absoluut in ekstase. Nou gebeur net die teenoorgestelde ... Die planeet se bewoners is in rou gedompel.

Ná 'n kleinerige seremonie drie dae later, om eer te bring aan Stephanie se lewe, stap dokter Elfin na Anumander, waar hy in die groot tuin met Sofie en Yacub staan en gesels. Te oordeel aan hulle gesigsuitdrukkings, is dit 'n hartseer gesprek.

"Jammer om te onderbreek, maar ons sal moet praat oor die teruggaan reëlings. Ek weet nie hoe julle dinge hier doen nie, Anumander. Word Stephanie nou veras? Óf gaan jy haar liggaam terugvat Sandvlakte toe? Ons sal eersdaags moet terug. Dit was Stephanie se wens ..."

"Ons praat nou net daaroor, Dok... Ons Dagobahners doen nie verassing soos julle op Aarde nie, maar wel 'n soortvan bevriesing/balseming. Ek kan dit só verduidelik aan julle. Dit is 'n baie ingewikkelde proses.

"Ek moet die tweeling ook nog gereed kry vir die rit Aarde toe. Sal jy asseblief daarmee help, Sofie? Gee my en Yacub net so 'n dag of drie, dan sal alles gereed wees." Met dié woorde stap Anumander koponderstebo, dieper die tuin in.

Sofie gee 'n tree vorentoe ...

"Los hom, Sofie, hy is gebroke, gee kans." Yacub sit sy arm om Sofie se skouers, druk haar styf teen hom vas. "Ek verstaan, Sofie, ek verstaan maar alte goed. Stephanie het 'n spesiale plek in ons almal se harte gehad."

'n Stil groepie versamel voor die skitterblink ruimtetuig. Hierdie keer effe groter. Juis so gekies vir die gemak van die twee babas, asook die spesiale kapsule waarin Stephanie se liggaam gehuisves word vir die rit. Dié is alreeds ingelaai, sodat die hartseer vir Sofie makliker kan wees. 'n Paar hooggeplaastes van Dagobah se weermag is ook daar om afskeid te neem.

Na die passasiers in die pieringvormige ruimtetuig se binnekant opgeneem is, word die trappe opgetrek, die deur skuif toe. Sonder 'n geluid styg die vaartuig op, hang 'n paar sekondes bokant die omstanders. Dan ... met 'n asemrowende spoed, verdwyn die tuig in Dagobah se ruimte. Anumander asook Yacub is agter die kontroles. Sofie, dok Johan en die tweeling in die kajuit vir passasiers. Sofie sit met haar neus teenaan die die patryspoort se venster. "Dok Johan, dit sal darem wonderlik wees as jy so 'n kontrepsie gehad het ... Tjoef-tjaf en jy is by 'n pasiënt. Gelukkig het ons in die Moordenaarskaroo nie soveel vlieënde klippe nie." "Dit is meteoriete, Sofie." Dok Johan kyk met 'n glimlag na Sofie. Skud net sy kop. Minute later kom Anumander se stem oor 'n interkom. "Gordel julle asseblief vas, ons gaan binnekort deur die Aarde se atmosfeer, dit kan 'n bietjie turbulensie veroorsaak. As dit verby is, wat so paar minute sal duur, dan nog so 'n entjie, en ons op Sandvlakte."

By die hek van die Dormerkamp, trek ou Velskoen sy oë rosyntjies. 'n Paar keer vee hy oor die oë, wat nie wil glo wat hulle aanskou nie. In ekstase van pure opgewondenheid, wat soos 'n Karoo-weerlig deur sy senings trek en sy gebeendere lam maak, aanskou hy die perfekte landing van die ruimtetuig. "Gedorie! Dit is mos die vliegskip van daar doer ver tussen die sterre. Ag, nou is ou Velskoen se hart sommer weer pure perd ..."

Hinkepink, maar so vinnig as wat sy artritis knieë hom kan dra, beweeg hy saam met Kolle nader. Net betyds om te sien hoe Sofie al snuifende, haar voet op die eerste trap sit.

Trappie vir trappie bereik sy die grond van Sandvlakte. Agter haar volg Anumander en Yacub met die kapsule. Heel agter, dok Johan met die tweeling.

Bekommernis waai in sy hart, soos tolbosse op 'n winderige dag ... Tolbosse van kommer, bots teen sy hart. Laat hom ademloos, verbouereerd, bewend ... Hy beweeg nader, sien die somberheid. Trane wat blink spore op Sofie se gesig los.

"Sofie? Wat gaan nou aan?"

"Velskoen, ai, my ou vrind ... 'n Vreeslike ding, ou Velskoen, 'n vreeslike ding het ons getref. Stephanie is nie meer met ons nie. Ons het haar teruggebring, want dit is wat sy wou gehad het ..."

Deur die wasigheid van trane, sien ou Velskoen die babas in dok Johan se arms. "Ai, jirre, ou Souf, nou wat nou? Wat het julle daarbo tussen die sterre aangevang met die kind? Sy is dan spekvet en gesond hier van Sandvlakte af weg, nou kom sy dood terug. Wat, ou Souf, wat?! Anumander, wat het julle aan my Stephanie gedoen? Daai babatjies moet nou sonder 'n mamma grootword ..." Snik op snik skeur deur ou Velskoen se bors. Uit 'n hart wat flenters geskeur is deur intense hartseer.

Later, heelwat later, met die Karoo se volmaan wat goudgeel aan die opkom is oor die koppe, sit elkeen met 'n koppie boeretroos op die wye stoep. 'n Intense somberheid hang in die lug. 'n Somberheid, wat in elke hoekie van die ou kliphuis inkruip.

Oor Sandvlakte self, is daar 'n stil atmosfeer. Die vaalkorhaan en vleipatrys se roep is flou, sonder fut. So ook die Dormers. 'n Geur van treur hang soos 'n miskombers oor die kraal. Hier en daar 'n kreun, 'n stamp. 'n Lustelose gemaal ...

"Die plaas treur." Sofie neem 'n slukkie koffie, kyk na Anumander. "Hoe laat môre gaan ons haar weglê? Ek wil ons naaste bure laat weet. Ek weet Piet Maarskalk, van Spioenasiekop, sal sy respekte wil kom betoon, ook 'n paar ander.

"Stephanie het altyd gepraat van laatmiddag, wanneer die voëls nes se kant toe staan. Dit was altyd vir haar die mooiste om die voëls in V-formaat te sien vlieg. Die graf is gereed, Anumander, dit is uitgebou en gepleister, langs haar ma en pa. Julle moet net die bogrond en die sinkplaat verwyder ... Ou Velskoen sal vroeg reël met die werkers."

"Reën óf trane? Dit is Sandvlakte en die Moordenaarskaroo se manier van respek betoon. Alles en almal treur oor die mooie kind. Té vroeg is sy weggeneem. Hoe kan ons ooit weet? Daar staan mos in die Groot Boek geskryf: Nou sien ons in 'n spieël, in 'n raaisel. Eendag sal ons van aangesig tot aangesig sien ..."

Vir 'n halwe minuut is daar stilte. Dominees Slabberts, van Merweville sluit sy rede af, gee dan kans vir almal teenswoordig om van die pers petunias se blomblare op die kapsule, wat ook as kis dien, te strooi.

'n Drukkende stilte heers oor die kerkhof ... Net die klank van reëndruppels op die sinkplaat, neffens die hopie Karoogrond, klink abnormaal hard in die handjievol mense se ore.

"Stephanie-kind, een troos ... Ons sien mekaar wéér eendag, dié is totsiens, tot ons weer ontmoet." Anumander asook Yacub tree vorentoe om Sofie te ondersteun, maar sy wys vir hulle hulle moet los. "Dankie kinders, maar ek moet alleen sterk wees, binnekort is julle weg, dán is dit net ek, ou Velskoen, en die enorme hartseer."

Na die graf-plegtigheid, is daar koffie en melktert op die stoep. Almal, behalwe Piet Maarskalk, steur hulle nie aan Anumander en Yacub nie. Aanvaar net dat dit vriende van Stephanie is.

So skuins voor die skemering daal en die laaste Karoo voëls, nes se kant toe begin staan, stap Piet Maarskalk na waar Anumander, Yacub en dok Johan staan en gesels by die visdammetjie. "Verskoon ek val sommer in julle geselskap in ... Ek wil my net kom vergewis van julle twee vreemdelinge. Is julle familie van onse dierbare Stephanie? Ek het julle gewis nog nooit op Sandvlakte gesien nie."

Dok Johan weet dat hier nou 'n situasie kan ontstaan. Baie subtiel, beantwoord hy ou Piet se vraag: "Ja Piet, kom ek jou voorstel. Anumander en Yacub. Hulle het spesiaal gekom vir die begrafnis. Jare lange vriende van die Le Roux familie ...

"Vriende, dié is een van ons gesiene boere van die omgewing. Piet Maarskalk van Spioenasiekop. Ook al jare vriende van die Le Roux familie." Hy neem Piet aan die arm, lei hom weg van Anumander en Yacub. "Kom, Piet, ek wil jou raat hê met een van Stephanie se stoet Dormerramme."

"Nou, ja, tot wederom manne, ons praat weer." Ou Piet lig sy hoed net effens voor hy saam met dok Johan wegstap.

Waar Sofie die petalje staan en dophou, slaag sy 'n sug van verligting. "Ai, die ou Piet, nuuskierige ou wetter. Gelukkig het hulle gewone klere aan, nie hulle blink pakke nie ... Dít sou darem nou vir jou 'n affêre afgegee het. Kom, Kolle, kom ons gaan huis toe, ek wil kyk of Meraaitjie Meraai regkom met die tweeling."

Drie weke ná Stephanie se begrafnis, stap Anumander een middag na die hoenderhokke waar Sofie besig is om eiers uit die neste te haal. "Ek sien jou mandjie is vol, dit vertel 'n goeie oes, of wat sê ek alles, Sofie."

"Nes jy daar sê, Anumander. Moet nou nie staan en mooi praatjies maak nie, ek het jou en Yacub vanoggend hoor praat, só, sê maar jou sê. Ek weet julle wil nou teruggaan Dagobah toe.

"Ek wil hê dat jy die kleingoed hier op Sandvlakte by my los. Ek sal hulle grootmaak, Stephanie sou dit so wou gehad het. Hulle kan nie daar in julle volksvreemde wêreld, tussen die sterre grootword nie. Hulle wortels is in die Moordenaarskaroo."

Anumander besef dat die ongedurigheid wat uit Sofie borrel, hartseer is. Hy sal nou mooi moet trap om dit nie te vererger nie. "Sofie, dierbare mens, ek wens ek kon aan jou versoek voldoen, máár ek kan nie. Kom ons loop daar na Ounooi se stal toe. Die bale koringstoppels was altyd my en Stephanie se dink plek, ons praat plek."

"Die bale gaan nie my denke verander nie, Anumander. Die kinders moet op Sandvlakte grootword, uit en gedaan."

"Sofie, dink nou mooi ... Jy trek ook al ver in jare. Ek kan nie kort-kort na Sandvlakte toe vlieg nie. Al was ek en Stephanie nog nie getroud nie, is Al'lan en Jaznah, my kinders ook, ek vat volle verantwoordelikheid. Ek vat hulle nie weg van jou af nie, Sofie, ons sal gereeld kom kuier. Het jy al daaraan gedink wat gaan gebeur as jy iets moet oorkom? Wanneer gaan ek daarvan te hore kom, dan is die kinders alleen hier. Ons vertrek oor twee dae. Maak nou die beste van jou tyd met hulle, asseblief Sofie, moet dit nie nog moeiliker maak as wat dit alreeds is nie ..."

Met die woorde, stap Anumander sommer 'n koers veld in. Sy hart vat die ding nie reg nie. Al wil hy hoe graag aan Sofie se wens voldoen, weet hy dat dit nie haalbaar is nie. Sofie, asook ou Velskoen is oud, ver verby hulle jare.

Sonder dat hy werklik oplet waarheen hy loop, kom hy op die plek af waar die pofslang sy lewe verander het. Sleg, met die byt en alles, maar ook goed. Hier, op hierdie selfde stukke van Sandvlakte, het Stephanie letterlik in sy lewe ingeloop, óf eerder ingery op Ounooi se rug.

Die twee dae grasie, gaan soos 'n gedagte verby. Vroeg, voor die werfhaan sy aankondiging van 'n nuwe dag kan maak, kondig Yacub aan dat die tuig gereed is. "Ons sal gereeld kom kuier, Sofie. Wanneer ons weer kom, kom jý weer saam met ons vir 'n lekker kuier. So sal ons beurte maak om dié twee groot te kry. Ek belowe ..."

Sonder 'n woord, met net 'n kopknik, oorhandig Sofie die tweeling aan Anumander. Ou Velskoen skud net sy kop, vee oor sy gerimpelde ou gesig. "Kom gou weer, Anumander, my en Sofie se tyd hier, raak min. Ons leef al klaar op geleende tyd. Mooi gaan met julle. Veilig reis ..."

In 'n oogwink, is die ruimtetuig die lug in.

Word 'n hoofstuk dalk afgesluit? Álles is mos maar net geleende tyd. Mens is mos nooit seker wat die dag van môre, én die toekoms inhou nie.

Miskien het Sofie en Velskoen geweet. Sofie weet áltyd. Sy is mos die helm gebore. Dalk het sy vooraf geweet, dat dié totsiens, die laaste keer sou wees ...

Sou Sandvlakte, geweet het? Die pragtig plaas in die Moordenaarskaroo, met sy vaalgroen bossies, het beslis geweet wat gaan kom. Sou die plaas kon praat, het hy beslis.

Hoofstuk 14

Vier jaar later...

Tyd vlieg...

Met die tweeling se vierde verjaardag, dag en datum, land die ruimtetuig vroegoggend naby die kliphuis van Sandvlakte. Op dieselfde plek waar hy homself altyd in die verlede, staan gemaak het.

Yacub moet net keer, of Al'lan en Jaznah spring grond toe nóg voor die leer laat sak is. Anumander staan glimlaggend en toekyk.

"Pappa, is dit nou waar ons mamma grootgeword het? Dit lyk darem heeltemal anders as Dagobah. Pappa het gepraat van 'n hond met die naam Kolle, maar ons sien hom nie." Jaznah kyk teleurgesteld om haar rond.

"Al'lan, loop saam met jou suster, dalk lê hy iewers en slaap. Julle dwaal nie weg nie, hier is gevaarlike goed in die veld."

Met die eerste oogopslag, sien Anumander dadelik dat daar effe van 'n agteruitgang is. Sofie se blombeddings is nie meer so heeltemal kleurvol nie.

Iewers is iets aan die taan. Tot die atmosfeer op die plaas is drukkend. Dit is asof Sandveld se tuin in lanfer gehul is... Só asof die hartseer oor Stephanie, nog steeds na vier jaar, oor die plaas hang.

"Kom, Yacub, kom ons gaan kyk of daar iemand by die huis is."

Met die trappies op na die stoep, bots Anumander trompop met 'n figuur, wat al dansend met 'n verestoffer passies maak op maat van 'n liedjie. Vir 'n sekonde hang die verbasing ademloos in die lug ...

"Meneer Anumander! Meneer Yacub! Ai toggie, ek is so bly om julle te sien."

"Meraaitjie Meraai! Liewe mens! Ek dog nou net hier is geen siel op die werf van Sandvlakte nie."

Tot Anumander en Yacub se verbasing, gaan sit Meraaitjie Meraai, plat op haar effe groot agterstewe op die stoep, hande oor haar gesig. "Meneer-hulle weet duidelik van niks nie ..."

"Wat weet ons nie? Praat, Meraaitjie Meraai, wat gaan hier aan?"

Meraaitjie Meraai, snuit haar neus tydsaam in 'n vervrommelde stuk toiletpapier, bêre dit dan voor by haar witgestyfde voorskoot in.

"Velskoen het eendag net gedood. Gemorsdood, meneer Anumander. Baie meer as ses maande terug. Amper 'n jaar perdalks. Die werkers het hom een oggend in die Dormerkamp gekry, stokstyf. Ek sien hom nog in my gedagtes. Die Dormers al blêrende om hom. Ai, dit was verskriklik. Die hartseer in die skape se oë.

"Onse Sofie, dierbare ou mens, kon die baie hartseer nie meer mooi bymekaar kry nie. Meneer, jy sal nie glo nie, Sofie het baie agteruitgegaan. Stephanie se dood hang nog net té veel hier oor Sandvlakte. Sy is oral. Meneer Anumander, jy moet nou net wéét ... Ek praat nou van, in gees. Nié soos in 'n spook nié!

"Toe een van die werkers vir Sofie kom roep, en sy sien ou Velskoen daar lê, yskoud en stokstyf ... Dít was té veel vir haar stukkende hart. Ék, wat Meraaitjie Meraai is, het die ambulans gefoun, hulle is toe hier weg met Sofie. Die poeliese met ou Velskoen.

"Paar dae later, het die poeliese se sersant kom sê, dit was die ouderdom wat ou Velskoen laat sterwe het.

Sofie was ses dae in die hospitaal se Intensive Care, meneer Anumander. Uiteindelik, en te laaste, kom sy toe terug Sandvlakte toe ... Máár, met die lyke se wa. Ai, dit was 'n verskriklike ding en 'n vreeslike dag. Velskoen én Sofie lê ook nou daar waar Stephanie en haar ouers is."

"Ek is so bitter jammer, Meraaitjie Meraai. Dié is hartseer nuus. Wat doen jy nou hier?"

"Ek pas maar op, meneer Anumander. Meneer Dirk Jacobs, van die prokureurs op Merweville, was omtrent elke dag hier, ná julle vertrek het na julle land tussen die sterre. Hy het net gesê dit gaan baie lank vat vóór die boedel gedoente afgehandel is. Ek en die werkers moet die plek oppas. Hulle betaal ons vir die oppas van Sandvlakte."

Vir 'n paar minute is daar 'n tasbare stilte op die groot stoep. Agter die huis is kinderlaggies hoorbaar. "Meneer Anumander, ek sien die kinders het pragtig mooi groot geword. Sofie en Stephanie, ok ou

Velskoen, sou só trots gewees het. Die dogtertjie lyk op 'n haar na haar mamma. Die seuntjie soos jy, meneer Anumander. Pragtige kinders.

"Maar nou het ek 'n gróót beswaardheid in my hart. Sóós Sofie, het ék óók, die groot seëning ontvang. Ek is, soos Sofie, ook met die helmit gebore. Ek kyk vorentoe en ek sien vorentoe ...

"My oge sien en ék weet, dat hiérdie, die laaste keer is wat Sandvlakte vir julle sal sien, en julle vir Sandvlakte. Ek sien ook dat die tweeling 'n mooi lewe gaan hê, so ook jý, meneer Anumander, enne jy ook, meneer Yacub. Miskien eendag, wanneer Meraaitjie Meraai, ook al oud en oor die muur is, sal ek die tweeling, en ook vir julle twee menere, dalk weer sien.

"Meneer moet asseblief Stephanie se na-gedagte lewendig hou, in die kinders se koppe en in hul harte. Vertel hulle alles van Sandvlakte. Van hulle ma, hulle oupa en ouma, al het jy hulle nie geken nie ... Óók van die Dormers, van Kolle en Ounooi. Van die koedoes wat draadspring. Óók van Merweville. En natuurlik, van Sofie en Velskoen.

"Vertel hulle sommer ook van die Moordenaarskaroo. Die mooi van die son se môre sê, en ook sy koebaai sê. Die Karoo se sterre op 'n helder nag. Meneer Anumander, vertel die twee van liefde, soos joune en Stephanie sinne.

"Vertel die tweeling van dié ou kliphuis. Sy vriendelikheid. Sy wil om mense te verwelkom. Sommer ook van Sofie se liefde vir petunias.

"Meneer Anumander, moenie vergeet om die kinders te vertel van die pofslang nie, anders sal hulle nie versigtig wees in die veld nie.

"Meraaitjie Meraai, gaan nou loop, my oge brand nou te veel van die hartseer. Sal liewerster by my huis loop huil. Reis veilig terug na julle land tussen die sterre, meneer Anumander. Weet net dít ... Stephanie was werklik ontsettend lief vir jou en julle kinders. Vir Sandvlakte. Alles op en in die plaas.

"Totsiens, tot ons mekaar dalk weer sien ..."

Baie jare later...

Baie trots, stap kaptein Anumander Krolin na waar Al'lan en Jaznah Krolin, sopas bevestig is tot luitenante in Dagobah se weermag. Die bevorderingsparade is al die hele dag aan die gang. 'n Baie groot geleentheid. Nie net ontvang altwee bevelvoerderrange nie, maar ook word hulle 'vlerkies' toegeken. Die lugmag asook die weermag is gesamentlike instansies. Nie apart van mekaar, soos op Aarde nie.

"Baie geluk julle twee, ek bars behoorlik van trots. As ek een wens kon wens en dit sou waar kon word, is dit dat julle ma die plegtigheid kon bywoon ..."

Min of meer... dieselfde uur op Moeder Aarde... maar meer spesifiek, Sandvlakte, oorhandig Dirk Jacobs, jarelange prokureur op Merweville, ook van Sandvlakte, nou net baie ouer in jare, die getekende koopdokumente van Sandvlakte, aan Abel en Lea Viviers.

"Baie geluk julle. Ek weet die plaas sal vir julle baie vreugde bring. Die naamsverandering van

Sandvlakte na Sondaarspoort, sal binnekort in die plaaslike koerant verskyn.

"As ek dalk 'n aanbeveling kan maak? Van die personeel is al jare hier, só ook hulle kinders en die se kinders. Al is party van hulle al verby hulle jare, kan hulle van groot waarde wees. Hou almal maar in diens, dié mense is die sout van die Aarde. Die grootse bate is, hulle ken die plaas, ook die Moordenaarskaroo.

"Dan sê ek maar tot wederom. Moenie saamstap nie, ek ken nie pad."

Sondaarspoort... Moordenaarskaroo
Abel en Lea Viviers se verhaal:

"Is jy gelukkig, Lea-lief? Uiteindelik! Óns, ek en jy, my vrou, is nou die trotse eienaars van die mooiste plaas in die Moordenaarskaroo. Ek dink, óf ek wéét, dat ons bestem is vir Sondaarspoort, en Sondaarspoort vir ons ... Anders, sou die plaas al baie lankal verkoop gewees het aan iemand anders." Eben Viviers vryf liefderik oor Lea se lang blonde hare. "Ek het jou verskriklik lief, my eie Lea."

"En ek vir jou, Eben. Jy is my man, my beste vriend en ook my ongelooflike lover ... Ek is so trots op óns. Na jare van spaar, hier afknyp en daar afknyp, amper onder die broodlyn leef om genoeg geld bymekaar te maak vir 'n plaas, en nié 'n sommerso plaas nie ... 'n Plaas in die Moordenaarskaroo. Hier kan ons nou doen waaroor ons al jare droom, my man. Ek is só gelukkig, Eben. Kom ons gaan soek koffie, ek is baie seker Meraaitjie Meraai se moerkoffie staan al eenkant op die koolstoof en wag. Sy is darem maar 'n voorslag en sy leer haar kleinkind, Mina Meraai, al die fynere kunsies van die huishouding."

Met die terugstap huis se kant toe, stap hulle by die eertydse Dormerkraal verby. "So terloops, Meraaitjie Meraai vertel gister vir my van die tragedie wat hom baie jare terug, hier afgespeel het. Dit was glo 'n hartseer dag vir almal ... toe nog Sandvlakte.

"Ons kan gerus agtermiddag na die kerkhof toe stap. Ek wil graag geel magrietjies en van die pienk petunias op die vorige eienaar se graf gaan sit. Meraaitjie Meraai, het te vertelle dat sy, dis nou die

Stephanie, 'n wonderlike mens was. Sy was bekend en bemind, van die Moordenaarskaroo, tot ver verby die Tankwa Karoo, só vertel almal ...

"'n Tweeling, 'n seun en 'n dogter, glo net 'n maand oud of so, moes sonder hulle ma grootword. Stephanie is een nag in haar slaap oorlede. Hulle, dit is nou die tweeling, is blykbaar net so oud soos ons. Ek wonder wat van hulle geword het? Ek moet tog maar later vir Meraaitjie Meraai vra, sy behoort te weet. Óf dalk vir een van die ouer werkers ..."

Wanneer mens die reguit pad loop én hard werk, word drome glo waar. Eben en Lea Viviers, het al hierdie dinge gedoen. Sout van die aarde mense. Altwee se drome, om 'n plaas in die Karoo te koop is bewaarheid, máár dít is nie al nie ...

Hulle heel grootste droom, om 'n veilige hawe vir diere te skep. Dié droom, het presies drie maande geneem om volwassenheid te bereik, dit is al wat die Viviers nodig gehad het, drie maande.

Vroegoggend, word die baniere en ballonne by Sondaarspoort se ingang gehang.

SONDAARSPOORT VEILIGE HAWE VIR ALLE SOORTE DIERE ... SONDAARSPOORT ANIMAL-SANCTURY FOR ALL KINDS OF ANIMALS

Plaasmense rondom Sondaarspoort, ook van die kontrei, kyk en wens geluk. Ry dan in, vir 'n koeldrank en melktert, ook om na die nuwe hokke en kampe te kyk ... Andere ry, kom dan feitlik dadelik terug met 'n diertjie óf voël van een of ander aard.

Presies elfuur, arriveer Jan Rossouw, kleinseun van ou Dartelman Rossouw, van Ons Winkel. Jan is die nuwe burgemeester van Merweville. Formaliteite word vinnig afgehandel. Dan ... waarop almal gewag het, die lint word geknip.

Omtrent elke dag is daar 'n wees-diertjie, óf 'n dier wat seergekry het. Niks en niemand word weggewys nie. Lea en Eben se droom word groter en groter. Kry vlerke, skiet die hoogtes in. Hoogtes van dankbaarheid onder die mense. Diere kan ongelukkig nie praat nie, maar daar is dankbaarheid in hul oë.

Om kostes te help aanvul, word Sondaarspoort 'n toeriste aantreklikheid. Merweville se plaaslike koerant, *Merweville Nuus*, adverteer wyd en suid, so word almal bewus gemaak. Donasies van heide en verre, ook oorsee, vind hul pad na Sondaarspoort se bankrekening, spesiaal geskep om diere in nood te help.

Die lewe op Sondaarspoort word 'n lied van dankbaarheid in die Viviers se harte.

Dan, op 'n dag, gebeur die onverwagte. Die fondamente van Sondaarspoort word geskud. Net soos daardie dag in die verre verlede, toe Stephanie die tydelike met die ewige verwissel het. Alles en almal was in rou gedompel. Van mens tot dier. Nou wéér ...

Ná Eben se onverwagte dood, is dit die mense van Sondaarspoort wat die plaasdinge aan die gang hou, terwyl Lea, nag vir nag, buite ronddwaal. Haar intense verlange na Eben dryf haar uit die groot kliphuis. Nie eers die kliphuis waarvoor sy so lief is, kan troos bring nie. Haar verdriet is net té groot.

Meraaitjie Meraai het al mooi gepraat. Vir Lea vertel dat sy nie so in donkermaan moet ronddwaal buite nie. Nie dat hier gevaar is nie, maar 'n skerpioen, óf dalk 'n nagadder, kan onder haar voete beland ... Maar hoor is min.

'n Karoo-bries se minne-fluistering, laat Lea doodstil in haar spore staan, terwyl die Karoo-maan versigtig oor die koppe van Sondaarspoort loer. Vir eers die donker kant van die maan verlig, laat padgee. Ook hý, voel jammer vir Lea. Stadig, lig hy sy groot ronde geelgesig oor die rant, gaan dan op sy reis terwyl hy afkyk op Lea. Só gaan dit aand vir aand. Nag vir nag. Lea, al dwalende buite.

Een nag, met die maan se donkerkant gedraai na Sondaarspoort, verbeel Lea haar sy hoor 'n sagte fluistering in die bries, sy voel 'n sysagte aanraking op haar lippe. Ook 'n sagte streling teen haar rug ...

Dít was nie Lea se verbeelding nie ...

Maar wag, die heel beste, kom nog.

"Pa, kan ek inkom, ek wil 'n gewigtige saak met pa bespreek." Al'lan Krolin wag tot sy pa toestemming gee, loop dan tot voor die groot swart lessenaar.

"Praat maar, Al'lan, wat is fout, Seun?"

"Niks is fout nie, ek wil net pa se toestemming hê. Ek wil ons privaat tuig gebruik ..."

"Seun, ek weet jy wil Aarde toe, dink jy dit is wys?"

"Dit is wat ek wil uitvind, Paps ... My gedagtes kan die blonde vrou net nie uitlos nie. Ek wil uitvind wie sy is."

"Gaan, Seun, vergewis jou, anders sal jy nooit tot rus kom nie."

"Dankie, Pa, ek het 'n week verlof gevra, ek sal pa op hoogte hou."

Anumander sug, gaan staan voor die groot vensters wat uitkyk op die tuin. "So herhaal die verlede hom weer. Ek hoop van harte Al'lan vind sy hart, soos ek myne jare terug gevind het."

Vir die derde keer in twee maande, land Al'lan die ruimtetuig, nie ver van die opstal van Sondaarspoort nie. Met navorsing, óók honderde vrae aan sy pa, weet Al'lan nou, dat Sondaarspoort, eens Sandvlakte geheet het. Die plaas waar sy ma Stephanie, grootgeword het. Dít alleen, hou 'n groot bekoring vir hom in.

Hy ken al die ritueel ...

Vóór die donkerte verdryf word deur die maan, dít is wanneer die blonde vrou gaan stap ... Al'lan hoef nie baie lank te wag nie. Sy hart tamboer in sy borskas toe hy Lea gewaar. Óók kan hy nie sy oë wegskeur van die pragtige blonde vrou nie. "Vir nou, speel ons maar eers onsigbaar, dán, wanneer sy meer rustig voorkom, gaan ek met haar praat. Ek móét net ..."

Met tyd, het hy uitgevind dat die blonde vrou, Lea heet. Maar dit is al. Hoekom hartseer haar agtervolg, weet hy nog nie mooi nie ...

Stadig stap Lea sommer 'n koers in, met 'n hartseer wat net nie wil bedaar, of kán bedaar nie. Trane loop onbeheersd oor Lea se wange. Nou en dan klink daar 'n snik op ... "Jy is nou al lank weg, Eben, amper 'n jaar, tóg is jy altyd naby my. Hoe maak ek die hartseer ligter?" By die Dormerkraal kom sy tot stilstand, vee die trane met die rugkant van haar hand af.

"Nou, is my kans." Al'lan tree vorentoe, hy voel hoe sy hart in sy borskas vinniger begin klop. Hy tel saggies tot tien, nét om sy asemhaling onder beheer te kry. Saggies vee hy met sy wysvinger oor Lea se wang, waar traanspore nog klam op haar wange lê ...

Dadelik reageer Lea. "Eben, is dit jy?"

"Nee, mooie Lea, dit is ek, Al'lan. Kyk mooi, ek staan voor jou ..."

Lea verstyf merkbaar. 'n Wonderlike vreemde reuk hang subtiel in die lug. 'n Reuk wat sy weet, sy het dit al voorheen geruik ... "Wie is jy? Waar kom jy nou so skielik vandaan?"

"Ek is nog die hele tyd aan jou sy, Lea, vandat jy die kliphuis verlaat het, vir jou soveelste wandeling in die maan se donkerte. Dit is ook nie die eerste keer nie, ek het jou al 'n paar keer gesien. Jou hartseer gesien.

"Kom ons loop na die stalle toe, dit was my ma en pa, se geliefkoosde gesels plek. Daar kon hulle praat oor dinge wat pla, hul probleme, en glo my daar was 'n legio ... Maar hulle liefde vir mekaar, het oorwin."

Lea ervaar 'n vrede, ook 'n ongekende rustigheid binne haar hartseer hart. Die vrede en rustigheid kom lê oor haar soos 'n dou-kombers. Dou, wat die somertuin van Sondaarspoort soos 'n kristalveld kan laat skitter wanneer die eerste strale van die son oor die velde kom lê.

Sy kyk na Sproete, een van Kolle se kleinseuns. Dié loop stertswaaiend al om die lang swartkopman, lek sy hande, so asof hy hom al baie lank ken. Dít maak Lea rustig.

"Goed, kom ons loop stalle toe, ek vertrou jou, want Sproete vertrou jou."

Donkermaan, se laataand, word vroeg-oggend. So, stap tyd na ontbyt, na middagete. 'n Praat word gepraat. Al'lan, vertel sy hele lewe vir Lea, ook andersom.

Twee sielsgenote vind mekaar. Vir Lea, verdwyn alle hartseer. Vir Al'lan, verdwyn eensaamheid.

Geskiedenis is geneig daartoe om 'n herhaling te maak. Net hier, het die geskiedenis nie 'n kans nie ... Die geskiedenis, kry 'n kinkel in sy eie kabel.

"Wat gaan ons doen, Al'lan? Stephanie, jou ma, het die sprong gemaak. Omstandighede het anders besluit, máár sy het tenminste probeer. As dit nie vir die bye was nie, het Stephanie dalk daar op Dagobah gebly. Ék daarenteen, kán eenvoudig nie op 'n ander plek gaan bly nie, Al'lan ... Ek is deel van Sondaarspoort, van die Moordenaarskaroo. Ek sal nóóit as te nimmer op 'n ander plek kan bly nie."

Waar trane eers gevloei het uit 'n baie groot verlange, vloei trane nou uit desperaatheid. "Lea, luister nou mooi, my geliefde. Jy bly net hier. Sondaarspoort is jou tuiste. Jou hart is hier ..."

"Wat van jou? Wat van óns, Al'lan? Ons is van verskillende wêrelde."

Daar is nie 'n oomblik se weifel, óf twyfel by Al'lan nie. Sy woorde kom sekuur, op die man af. Sy besluit, is lank reeds geneem.

"Lea, jy hoef nêrens heen te gaan nie. Jy bly net hier op Sondaarspoort. Ék gaan my wortels uittrek op Dagobah, hulle herplant in die Moordenaarskaroo. Ek wil, en gáán Sondaarspoort my nuwe tuiste maak ... By gesê, as jy my wil hê?"

"Al'lan, my dierbare mansmens, hoe op aarde, kan jy sulke vrae vra? Natuurlik wil ek jou hier hê. Sal jy regtig, jou lewe op Dagobah vaarwel roep, hier saam met my in die Moordenaarskaroo kom bly? Sondaarspoort jou tuiste maak? Vir altyd en altyd?"

Teer trek Al'lan vir Lea teen sy bors vas. Vir die eerste keer ontmoet hul lippe. Twee mense wat vir mekaar bedoel is, het mekaar gevind.

Dit maak nie saak hoe, waar en wat nie ... Die liefde seëvier altyd maar, maak nie saak wat jou omstandighede is nie.

Sondaarspoort floreer onder Lea en Al'lan. Tot trou het die twee nog nie gekom nie. Daar word gepraat daaroor, met dié dat Al'lan nou 'n permanente inwoner van die Moordenaarskaroo geword het.

Anumander, Yacub, asook Jaznah, is ook nou gereelde kuiergaste op Sondaarspoort.

Die navorsing rondom die Moordenaarskaroo, is heeltemal afgestel. Die rede: Té warm. Té droog. Té veel om op te noem ...

Meraaitjie Meraai, wat kan mens nou van die goue siel sê? Sy is nog steeds doenig in die mooi kliphuis aan die voet van die rante, op Sondaarspoort

... Geniet haar gate uit om almal te bederf, met egte Karoo-kos.

Nou bly geloof, hoop, liefde –
Hierdie drie, maar die grootste hiervan is die liefde ...

Só is dit nou met Sondaarspoort. Die liefde maak alles goed en mooi ...

En partymaal, ás jy gelukkig is, kan jy 'n sagte geneurie hoor ... Dít is wanneer Stephanie en Ounooi deur die karoobossies galop op maat van 'n Karoobries. Terwyl die maan glimlaggend toekyk.

Geagte Leser

Ons hoop dat u ons boek geniet het en dit boeiend gevind het. U terugvoer is baie belangrik vir ons en vir toekomstige lesers.

Ons sal dit baie waardeer as u 'n paar oomblikke kan neem om 'n resensie op Amazon te skryf. U mening help ander om ingeligte besluite te neem en dit help ons om beter te verstaan wat ons lesers waardeer.

Baie dankie vir u ondersteuning!

Vriendelike groete

Die Malherbe Span

www.ingramcontent.com/pod-product-compliance
Lightning Source LLC
Chambersburg PA
CBHW051239170626
46809CB00004B/1391